Deseo

Mujer prohibida

Emilie Rose

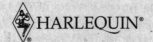

Editado por HARLEQUIN IBÉRICA, S.A.
Hermosilla, 21
28001 Madrid

© 2004 Emilie Rose Cunningham. Todos los derechos reservados.
MUJER PROHIBIDA, Nº 1373 - 6.4.05
Título original: Forbidden Passion
Publicada originalmente por Silhouette® Books

· I.S.B.N.: 84-671-2662-0
Depósito legal: B-8618-2005
Editor responsable: Luis Pugni
Composición: M.T. Color & Diseño, S.L.
C/. Colquide, 6 portal 2 - 3º H, 28230 Las Rozas (Madrid)
Fotomecánica: PREIMPRESIÓN 2000
C/. Algorta, 33. 28019 Madrid
Impresión y encuadernación: LITOGRAFÍA ROSÉS, S.A.
C/. Energía, 11. 08850 Gavá (Barcelona)
Fecha impresion para Argentina: 1.3.06
Distribuidor exclusivo para España: LOGISTA
Distribuidor para México: CODIPLYRSA
Distribuidores para Argentina: interior, BERTRAN, S.A.C. Vélez
Sársfield, 1950. Cap. Fed./ Buenos Aires y Gran Buenos Aires,
VACCARO SÁNCHEZ y Cía, S.A.
Distribuidor para Chile: DISTRIBUIDORA ALFA, S.A.

Capítulo Uno

Su marido. Lo había amado. Lo había odiado. Y ahora se había ido. El dolor y el sentimiento de culpa dejaban a Lynn Riggan helada hasta los huesos. Había querido terminar con ese matrimonio, pero no de esa forma. Nunca de esa forma.

Deseando quitarse los zapatos de tacón y el ajustado vestido negro, cerró la puerta cuando salió el último de los parientes y se apoyó en ella, con los ojos cerrados. Odiaba aquel vestido, pero era el único de color negro que no tenía escote... y a Brett le gustaba. Lynn se alegró de que aquél fuera el último día que tenía que impresionar a nadie.

—¿Te encuentras bien? —la profunda voz de su cuñado, Sawyer, la sobresaltó.

Lynn apretó los dientes mientras se daba la vuelta, con una sonrisa falsa en los labios.

—Creía que te habías ido.

Deseaba que se hubiera ido porque no quería que la viera así: débil, angustiada, perdida. Su mundo estaba patas arriba y no tenía fuerzas para fingir más, ni siquiera por Sawyer.

—Salí al jardín un momento.

Perder a su hermano pequeño había sido terrible para él. El dolor había ensombrecido sus ojos azul cobalto, marcando las arruguitas que tenía alrededor. Sus atractivos rasgos estaban pálidos y su pelo oscuro parecía despeinado por la brisa, o por unos dedos nerviosos.

–Deberías irte a casa, Sawyer.

«Por favor, vete antes de que me derrumbe».

–Sí, debería. Pero me siento tan... vacío –suspiró él. Con el flequillo sobre la frente parecía más un universitario que el jovencísimo propietario de una empresa de informática.

–Sí, entiendo.

–Estoy esperando que Brett entre por esa puerta riendo y gritando: «¡Era una broma!».

Sí, a Brett le gustaban las bromas crueles. Ella había sido objeto de muchas. Y la peor de todas era el desastre económico en que la había dejado sumida. Pero ni siquiera él podía haber falseado el accidente de coche en el que había perdido la vida.

–¿No te importa quedarte sola?

Sola. Las paredes de aquel mausoleo empezaban a ahogarla. En aquel momento, necesitaba un abrazo más que nada, pero había aprendido a sobrevivir sin ellos. Lynn se mordió los labios, abrazándose a sí misma.

–No me importa.

Le quemaban los ojos por falta de sueño y le dolía todo el cuerpo de estar paseando toda la noche. Ojalá nunca hubiera encontrado esa llave entre los efectos personales que le habían

4

dado en el hospital. Si no hubiera encontrado la llave, no habría abierto la caja fuerte. Y si no hubiera abierto la caja fuerte... Lynn respiró profundamente.

¿Qué iba a hacer?

Estaba buscando los papeles del seguro de vida, pero lo que había descubierto eran extractos de cuentas bancarias en las que no había dinero y un diario privado en el que su marido escribió que nunca la había amado, que la encontraba tan sosa en la cama que tuvo que buscar otra mujer. Había catalogado sus defectos al detalle.

–¿Lynn? –Sawyer levantó su barbilla con un dedo–. ¿Quieres que me quede esta noche? Podría dormir en la habitación de invitados.

No, no podía. Porque ella llevaba meses durmiendo en la habitación de invitados. Y si Sawyer veía sus cosas allí, sabría que nada iba bien en el hogar de los Riggan.

No quería contarle que Brett y ella no se entendieron nunca, ni que había sospechado que su marido tenía una aventura. Incluso consultó con un abogado sobre el divorcio, pero Brett decía que el problema era su trabajo y la convenció para que le diera otra oportunidad. Lynn había dejado que la convenciese de que un hijo resolvería todos los problemas y se acostaron juntos por última vez... poco antes de encontrar pruebas de su infidelidad, de perder los nervios y echarlo de casa.

Una hora después, Brett moría en un accidente de trafico. •

–Estoy bien –dijo con voz rota. No tenía dinero, ni trabajo, ni forma de pagar la extravagante casa que Brett insistió en comprar. Tenía que pagar el coche, las deudas... y por si eso no fuera suficiente...

Lynn se llevó una mano al abdomen, rezando para no haber quedado embarazada tras la última noche con su marido. Adoraba a los niños y siempre había querido tener una familia, pero en aquel momento no sabía siquiera cómo iba a cuidar de sí misma.

Sawyer la abrazó y Lynn apoyó la cabeza en su hombro. Pero no quería llorar... no quería llorar y apretó los labios para no hacerlo. Sobreviviría, conseguiría salir de aquel lío.

–Tranquila –murmuró él.

Lynn notó su aliento en la frente, sus manos grandes en la espalda, el aroma tan masculino de su colonia... y sintió un escalofrío. Sorprendida, intentó apartarse, pero él no la dejó. Lo sintió temblar y después, algo húmedo rozando su cuello. Las lágrimas de Sawyer.

Se le encogió el corazón. Sawyer había estado a su lado mientras identificaban el cadáver de Brett y, durante el funeral, intentó esconder su pena para darle valor. Por eso, verlo así era más doloroso.

Lynn decidió concentrarse en el dolor de su cuñado porque el suyo estaba mezclado con otras emociones: desilusión, fracaso, rabia, traición, culpa.

–Se nos pasará –murmuró–. Todo pasará, ya lo verás.

Deseando ofrecerle el consuelo que necesitaba, enredó los brazos alrededor de su cintura, susurrando palabras tranquilizadoras en su oído, pero nada de lo que dijera podría cambiar lo que había pasado. No podía devolverle la vida a Brett.

Sawyer enterró la cara en su cuello. Su aliento le quemaba la piel y sintió un extraño cosquilleo en el abdomen. Hacía años que nadie la abrazaba así. Llevaba mucho tiempo helada por dentro y no era culpa de Sawyer que su cuerpo reaccionase de esa forma.

Él se apartó entonces, pasándose una mano por la cara.

–Se me pasará enseguida.

–Es normal –murmuró Lynn.

Ver llorar a aquel hombre tan fuerte le encogía el corazón. Enternecida, se puso de puntillas para darle un beso en la cara, pero él volvió la cabeza de repente y... lo besó en los labios sin querer. Cuando las solapas de su chaqueta rozaron sus pechos, Lynn se sintió avergonzada al notar que había una reacción sexual. ¿Cómo podía responder con Sawyer y no con su marido?

Brett decía que era frígida. Pero no había sido frígida hasta que él le hizo daño buscando su propio placer, sin pensar en ella. Después de eso, cada vez que la tocaba algo se le encogía por dentro. Lynn temía la intimidad del matrimonio porque representaba su fracaso como esposa y como mujer.

–Quiero olvidar –la voz angustiada de Sawyer amenazaba con romper el dique emocional que Lynn había construido alrededor de su corazón.

–Yo también –murmuró, tocando su cara. El roce de su barba, tan masculina, hizo que sintiera un escalofrío.

Estaban muy cerca. El dolor en los ojos de Sawyer se volvió sorpresa y luego otra cosa... algo que la calentaba por dentro, que le daba miedo, que aceleraba su corazón. Pero no podía apartar la mirada.

Lynn se pasó la lengua por los labios, buscando las palabras que rompieran aquel momento prohibido.

Sawyer la miraba con los ojos ardiendo y, antes de que pudiera apartarse, buscó sus labios en un beso desesperado. Una ola de deseo la transportó a su última cita con Sawyer, cinco años antes, cuando pensó que él podría ser el hombre de su vida. La transportó a un tiempo en el que su corazón no estaba roto, antes de que Brett entrase en su vida, cuando se sentía hermosa y deseable y aún tenía esperanzas para el futuro en lugar de desesperación.

Sawyer se apartó y sus miradas se encontraron por un momento. Levantó una mano para acariciar sus labios con un dedo... Lynn podría haberse apartado, pero no lo hizo y él inclinó la cabeza para besarla en la frente, en las mejillas.

Debería detener aquello, pensaba. Pero su cuerpo había estado muerto durante tanto tiempo que las caricias de Sawyer lo despertaban a la vida. Era como si hubiese apartado la piedra de entrada a la cueva donde había enterrado su alma durante aquellos cuatro años. El calor que transmitía derretía lo que su marido había congelado con sus insultantes comentarios.

Los labios de Sawyer rozaron los suyos una vez, dos veces, como pidiéndole permiso, antes de tomar su boca ansiosamente.

Lynn abrió los labios, dejando que la explorase, disfrutando del roce de su lengua. Durante su matrimonio se había acostumbrado a los besos asfixiantes de Brett, pero no sabía cómo reaccionar ante la suave persuasión de aquel hombre, su cuñado. No sentía repulsión alguna y él la apretaba sin hacerle daño. No tendría cardenales cuando terminase aquella locura. Y terminaría. «Ahora», se dijo. Pero no tenía fuerza de voluntad para apartarse.

–Dime que me vaya –murmuró Sawyer. A pesar de eso, deslizaba las manos por sus costados, por sus caderas, apretando su trasero hacia él.

El calor de su cuerpo traspasaba la tela del vestido. El cuerpo duro del hombre se aplastaba contra el suyo y sentía el rígido miembro apretándose contra su abdomen. No podría haberse apartado aunque su vida dependiera de ello. Pero le temblaban las piernas y, sujetándose a las solapas de su chaqueta, Lynn echó la cabeza hacia atrás, buscando aire.

Apenas tuvo tiempo de respirar antes de que Sawyer devorase su boca con un ansia que debería haberla asustado. Pero no era así, todo lo contrario. Sus caricias encendían una hoguera en su interior, una hoguera que ella creía apagada para siempre. Lynn dejó escapar un gemido cuando él, acariciando ansiosamente sus pechos, apartó sus piernas con la rodilla todo lo que daba de sí la tela del vestido.

Sentía un deseo en el bajo vientre que no había sentido en años. Le temblaban las rodillas. ¿Qué estaba haciendo? ¿Se había vuelto loca? No podía responder a ninguna de esas preguntas. Apartando la chaqueta, empezó a acariciarlo por encima de la camisa. El corazón de Sawyer latía con fuerza, igual que el suyo.

Él se quitó la chaqueta con un abrupto movimiento y volvió a abrazarla. Su mirada cobalto chocó con la suya. La pasión que había en sus ojos la hacía temblar. Por dentro, por fuera, por todas partes.

Sawyer metió los dedos en su pelo para quitarle las horquillas que sujetaban su larga melena rubia.

–Lynn –dijo con voz ronca. No sabía qué le estaba pidiendo y daba igual porque la voz, junto con la cordura, la habían abandonado. Sólo podía pensar que Sawyer la deseaba.

Levantó una mano para tocar su cara y él aprovechó para besar apasionadamente su muñeca.

Luego, sin decir nada, tiró hacia arriba del vestido. A Lynn se le quedó el aliento en la garganta. Los largos dedos del hombre dejaban un rastro de fuego en su piel, en contraste con el aire frío que helaba sus muslos mientras le bajaba las bragas. La acariciaba con una ternura que la derretía por dentro. Lynn echó la cabeza hacia atrás, dejando escapar un gemido de placer.

Sawyer la llevó hasta la escalera y la empujó suavemente para sentarla en el primer peldaño. Así, sentada, le quitó las bragas, y empezó a desabrocharse el cinturón. Clavando las uñas en la alfombra, Lynn luchó para recuperar la cordura.

Un fragmento de su mente reconocía lo que iba a pasar si no ponía fin a aquella locura. Debería detenerla, pero se sentía viva por primera vez en años. Viva y excitada como nunca. Como una mujer y no como un bloque de hielo. De modo que permaneció muda.

En lugar de empujar a Sawyer, alargó una mano para ayudarlo a bajarse los pantalones. Jadeando, él separó sus muslos, tumbándola de espaldas sobre la escalera, consumiendo su boca con besos que le robaban la razón. La cabeza de su erección se abrió paso entre sus pliegues y, cuando empujó con fuerza, Lynn se quedó sin aire en los pulmones.

«No me duele», pensó por un segundo. Sawyer empujaba con fuerza, sin dejar de acariciarla allí donde sus cuerpos se unían, en el centro neurálgico de su ser, besándola en el cuello, apretando su trasero, haciéndole experimentar un placer que le resultaba completamente nuevo.

Sorprendida, clavó las uñas en sus firmes nalgas mientras Sawyer la mordía en el cuello, murmurando su nombre, sin dejar de poseerla.

Enredando los brazos alrededor de su cuello, Lynn se perdió en aquella enajenación. Con los músculos relajados, abrió más las piernas para dejar que la poseyera profundamente, tanto como para llegar a las porciones de su alma que había tenido escondidas durante años.

Sawyer devoraba su boca como un hombre hambriento y ella se arqueó para recibir sus embestidas. Él se estremecía, empujando con fuerza, jadeando roncamente como un animal herido.

Poco después, cayó sobre ella, aplastándola contra la escalera. Sus jadeos resonaban por todo el vestíbulo. Flotando en una nube, Lynn apretó los labios contra el cuello del hombre para disfrutar del sabor salado de su piel.

Después, puso las manos sobre el corazón de Sawyer, intentando entender lo que había pasado. ¿Por qué? ¿Y por qué con él, con su cuñado? El vacío en el que había vivido durante años había desaparecido por completo. Hacer el amor con Brett, si podía llamarlo así, jamás la había conmovido como copular con Sawyer. Incluso enfebrecido, había pensado en ella y, sin embargo...

Dios santo, ¿qué había hecho?

El sudor hacía que la camisa de Sawyer se pegara a su espalda como una segunda piel. Su corazón latía como si quisiera salirse de su pecho y jadeaba angustiosamente para buscar aire.

Lynn lo empujó entonces. La combinación de pánico y remordimientos que vio en sus ojos azules le hizo un nudo en el estómago. Y la vio cerrar los ojos cuando miró su alianza.

¿Qué había hecho? ¿Cómo podía haberse aprovechado de la viuda de su hermano? Sawyer intentó levantarse, pero le temblaban las piernas. Avergonzado, se subió los pantalones y, con las prisas, estuvo a punto de tener un accidente mientras se subía la cremallera.

–Lo siento, Lynn. Esto no debería haber pasado –su voz parecía la de un desconocido, pero era un milagro que hubiese podido decir una sola palabra.

Ella se levantó, bajándose primorosamente el vestido. Pero cuando vio las braguitas negras en el suelo de mármol blanco su rostro se descompuso.

Sawyer cerró los ojos. Había perdido el control. Le había hecho el amor a su cuñada en el suelo, como si fuera un adolescente.

«Idiota». «¿En qué estabas pensando?».

–No pasa nada, Sawyer. Los dos necesitábamos olvidar por un momento. No volverá a ocurrir –murmuró ella, casi sin voz.

–¿Quieres olvidar lo que ha pasado?

Él no podría. ¿Cómo iba a olvidar la suavidad de su piel, el sabor de sus labios, el calor de su cuerpo?

–Sí.

13

–A menos que tomes la píldora, olvidar podría no ser tan fácil. No he usado nada... Lo siento. Si te sirve de consuelo, no me había pasado nunca.

Lynn cerró los ojos, tragando saliva. El vestido negro se ajustaba a cada curva de su cuerpo como una tentación.

–Lynn, ¿tomas la píldora?

–Yo... Estoy muy cansada.

–¿Lynn?

–No tomo la píldora y el momento... el momento no era el mejor.

Sawyer la tomó por los brazos.

–¿Qué estás diciendo, que podrías quedar embarazada? ¿Cómo puedes saberlo?

Su rostro perdió todo el color, acentuando las profundas ojeras. El deseo de apretarla contra su corazón era tan fuerte que Sawyer tuvo que hacer un esfuerzo para apartarse. El deseo de consolarla acababa de hacer que perdiese la cabeza...

Había cruzado una línea prohibida.

Sawyer se metió las manos en los bolsillos del pantalón mientras ella, distraídamente, se llevaba una mano al abdomen donde, en aquel momento, sus células podrían estar mezclándose para crear una nueva vida. Sawyer no podría ponerle nombre a las emociones que despertaba ese pensamiento.

–Brett y yo estábamos intentando tener hijos y... el día que murió había empezado mi ciclo de fertilidad.

Él apretó los labios, angustiado. Después de enterrar a su hermano pequeño, le había hecho el amor a su cuñada... La mujer a la que debería proteger ahora que estaba sola. Entonces recordó lo que acababa de decir: Brett y ella habían querido tener hijos. Brett era la única familia que tenía y su hijo podría estar creciendo en aquel mismo instante en el vientre de Lynn. Sawyer se agarró a lo que quedaba de su hermano como si fuera un salvavidas.

Podía ser tío.

O padre.

Nervioso, tuvo que tragar saliva. Lo primero sería una bendición, lo segundo una maldición por haber tomado lo que no era suyo. Y, sin embargo, le hacía ilusión que Lynn tuviera un hijo suyo.

Debería marcharse de allí, pensó, para poder pensar con claridad, para recuperar la razón que había perdido durante unos minutos. Pero no podía hacerlo hasta que supiera si Brett le había dejado dinero a su mujer.

—Me quedé porque quería saber si podrás mantenerte con el seguro de vida de mi hermano —dijo, con voz ronca.

El silencio se alargó tanto que pensó que Lynn no iba a contestar. Pero entonces ella levantó la mirada.

—Tu hermano había dejado de pagar el seguro.

Genial. Brett nunca se había molestado en lo que consideraba detalles triviales.

15

–¿Y qué vas a hacer ahora?

Ella se cambió de pie, incómoda. Ese gesto le recordó que estaba desnuda y húmeda bajo el vestido. Pero sería mejor no pensar en eso.

–Prefiero no hablarlo ahora mismo, Sawyer.

–Sé que estas cansada, que ha sido un día terrible para ti... y yo he metido la pata hasta el fondo. Pero no me iré hasta que me digas si tienes dinero.

–Eso no es problema tuyo. Tendré que buscar trabajo...

–¿De qué?

–No lo sé. Antes era camarera.

Lynn era camarera en un café de Chapel Hill cuando la conoció, cinco años antes. Entonces era una cría de diecinueve años que atraía a todos los clientes con su preciosa sonrisa y sus ojos azul cielo. Su uniforme consistía en una blusa blanca de cuello cerrado y una minifalda negra que dejaba al descubierto unas largas y torneadas piernas...

Le pareció tímida hasta que empezó a conocerla. Entonces descubrió que era una mujer ambiciosa. Lynn soñaba a lo grande y eso era algo que tenían en común.

Tardó meses en pedirle que saliera con él porque tenía nueve años más que ella, pero al final no pudo resistirse. Pero cuando empezaron a salir cometió el segundo gran error de su vida: se la presentó a su hermano. Un viaje de negocios lo obligó a salir de la ciudad y, cuando volvió, la encontró casada con él.

16

«Olvídate de eso, Riggan. No puedes cambiar el pasado. Ella eligió a Brett».

–Trabajando de camarera ganarías el sueldo mínimo. Tú mereces algo más que eso.

–Sawyer, sólo tengo el bachiller y un semestre en la universidad. No estoy cualificada para casi nada.

–Deberías haber terminado la carrera.

Lynn apartó la cara y Sawyer se percató de que tenía unas marcas rojas en el cuello. La había marcado con su pasión, pensó. El deseo de acariciar esa marca, de devolverle el color natural a su piel, lo pilló por sorpresa.

–Brett quería que me quedara en casa.

Él arrugó el ceño. No era eso lo que su hermano le había contado.

–¿Has hablado con el administrador?

–No, yo... Brett se encargaba de todo.

Sawyer suspiró. Su hermano era un genio del marketing, pero los números nunca habían sido lo suyo.

–¿Cuándo vas a hablar con él?

–Lo veré dentro de unos días, pero le he echado un vistazo a las cuentas y... voy a vender la casa.

¿Vender la casa? Eso no tenía sentido. Brett ganaba un buen sueldo como director de marketing de la empresa Riggan-Software.

–¿Vas a vender la casa? ¿Por qué?

Lynn levantó la cabeza, con expresión cansada.

–Es demasiado grande para mí.

Sawyer masculló una maldición. Si Brett hubiera pagado el seguro de vida, Lynn no se veía obligada a vender la casa en la que había vivido con su hermano. En la que... lo había amado. Ese pensamiento le resultó extrañamente turbador.

–¿Puedo hacer algo por ti?

–No, gracias. Ya he hablado con una inmobiliaria... Van a venir a hacer la tasación.

Parecía dispuesta a hacerlo todo sola. Pero él estaba decidido a ayudarla. Lynn era su responsabilidad... especialmente si llevaba un Riggan en su vientre.

–Puedes vivir en mi casa hasta que encuentres otro sitio.

–No, gracias.

Era lógico. Después de lo que había pasado... Sawyer se pasó una mano por el pelo.

–Lo que ha pasado... no sabes cómo lo lamento. No volveré a perder el control, te doy mi palabra.

¿Por qué sonaba como una mentira? ¿Y por qué Lynn hizo un gesto de dolor, como si la hubiera abofeteado? Sawyer se habría dado de tortas. Pero en lugar de eso, sacó unos billetes de la cartera.

–Sólo llevo esto, pero puedo darte más... todo lo que necesites.

Ella se puso pálida.

–¿Estás intentando que me sienta como una prostituta?

–¡No! Pensé que necesitarías dinero y...

Ella no hizo movimiento alguno.

–No necesito nada, gracias.

–Quiero ayudarte...

–Sé que estás acostumbrado a cuidar de Brett, pero tengo veintitrés años, Sawyer. Puedo cuidar de mí misma. Y ahora, si no te importa, estoy agotada, así que... –Lynn abrió la puerta. La invitación no podía ser más clara.

–Lynn...

–No quiero seguir hablando. Vete, por favor.

–Muy bien, me iré. Pero tenemos que hablar.

Capítulo Dos

—¿Está diciendo que la situación es peor de lo que yo creía?

Lynn estaba sentada al borde de la silla, frente a Jim Allen, el administrador de los bienes de su marido, con una hora de terminología legal dando vueltas y vueltas en su cabeza.

El hombre la miró por encima de sus gafas bifocales. El despacho, elegantemente amueblado, olía a dinero. Irónicamente, acababa de decirle que ella no tenía nada.

—El patrimonio de su esposo está cargado de deudas, señora Riggan. Tendrá que liquidar sus propiedades para pagarlas. Lo único que está libre de deudas es el treinta por ciento de Riggan-Software.

Lynn se irguió, intentando disimular su miedo.

—¿Debería vender esas acciones?

—Sí, pero su cuñado podría negarse.

—No creo que eso sea un problema. Sawyer querrá comprar la parte de su hermano.

—Tiene usted derecho a vender la casa cuando quiera. Y le recomiendo que lo haga antes de que el banco emprenda acciones legales.

–¿Y los muebles?

–Mi secretaria le dará el nombre de una empresa que podría comprárselos.

Lynn apretó los puños para que no le temblasen las manos. La tarea que tenía por delante parecía formidable, pero el treinta por ciento de Riggan-Software le daría dinero suficiente para empezar de nuevo.

–Sé que ha pagado usted el funeral... y, sin embargo, el dinero no salió de ninguna de las cuentas de su marido.

Ella empezó a darle vueltas a la alianza.

–No, devolví un regalo que me hizo... y usé ese dinero.

¿Si no hubiera tenido dudas después de su último encuentro íntimo con Brett, habría descubierto la existencia de su amante?

Estaba colocando el traje de su marido, como hacía siempre, cuando una cajita de terciopelo cayó al suelo. Una cajita con un enorme anillo de diamantes. Lynn se emocionó porque creyó que era un regalo para ella, un regalo que significaba un nuevo comienzo en su matrimonio. La inscripción en el interior del anillo destrozó sus esperanzas: *Para Nina, con amor. Brett.*

En ese momento, sus peores miedos quedaron confirmados. Su marido le era infiel.

Brett inventó una historia, siempre tenía una historia. Decía haber comprado el anillo para ella y haber decidido luego que no era su estilo. Según él, pensaba devolverlo al día siguiente... incluso sacó el recibo para probarlo. Lo peor era que, de no haber visto la inscripción, lo habría creído otra vez. Brett decía que habían cometido un error en la joyería, pero Lynn sabía que no era verdad. Podía ver la mentira en sus ojos.

Si no hubiera estado tan enfadada por su propia ingenuidad, si no le hubiera gritado, furiosa por tantos años de mentiras, ¿Brett seguiría vivo? Le exigió explicaciones, le juró que al día siguiente pediría el divorcio... Una hora después, la policía llamaba a su puerta para decirle que Brett había muerto.

Cuando quedó claro que no había dinero siquiera para pagar el entierro, Lynn devolvió el anillo a la joyería. Había costado más de diez mil dólares. Su propio anillo, una simple alianza de oro, había costado sólo cien. Eso demostraba lo poco que Brett la estimaba.

¿Cómo había podido estar tan ciega?

–¿Señora Riggan? –la voz del administrador interrumpió sus pensamientos.

–¿Sí?

–Debo sugerirle algo más: busque trabajo lo antes posible.

Lynn le había dado esquinazo por última vez. La vería aquel mismo día, como fuera.

Sawyer apretó los dientes mientras se dirigía hacia la casa. Llevaba una semana intentando ponerse en contacto con ella. Sí, Lynn había contestado... dejando mensajes en su casa cuando sabía que estaría en la oficina.

¿Cómo iba a cuidar de Lynn si ni siquiera podía hablar con ella?

Le había dado unos días porque el recuerdo de sus besos, de su piel, de sus gemidos de pasión, seguía persiguiéndolo, pero no pensaba dejar que lo evitase para siempre.

Cuando llegó a la casa, el cartel de *Se Vende* lo sorprendió. Pero lo sorprendió más que hubiese organizado un rastrillo en el jardín. Había gente, extraños, observando las intimidades de su hermano... Sólo había muerto diez días antes y Lynn ya parecía dispuesta a borrar su recuerdo.

Sawyer salió del coche y se dirigió hacia ella, furioso. Los pantalones cortos y la blusa sin mangas que llevaba harían que cualquier hombre de sangre caliente se excitara de inmediato. El escote de la blusa casi revelaba el nacimiento de sus pechos y el pelo rubio caía por su espalda como una cascada de oro. Su mera presencia lo excitaba, pero en aquel momento la rabia era más fuerte.

–¿Qué estás haciendo? –le espetó, furioso.

–Estoy vendiendo las cosas que no podré llevarme a un apartamento pequeño –contestó ella.

–Ésos son los libros de mi hermano, los palos de golf de mi hermano, su ropa...

–Sawyer, lo siento, debería habértelo dicho...

–¡Todas las posesiones de mi hermano están aquí!

Lynn miró por encima de su hombro, como para advertirle que la gente estaba mirando. Sawyer la llevó aparte.

–Lynn...

–He separado las cosas que pensé que te gustaría conservar...

–No estoy hablando de eso. Es como si estuvieras intentando borrar a Brett de tu vida.

Ella se soltó, enfadada.

–Mis recuerdos están aquí –dijo, señalando su frente–. Esto son sólo cosas.

Sawyer empezó a pasear, nervioso. ¿Intentaba borrar a Brett de su vida? ¿Por qué? ¿Y si estaba embarazada?

–¿Por qué intentas olvidar a mi hermano?

–No es eso. Es que... tengo que pagar deudas.

–¿Qué deudas?

–Nada que no pueda solucionar –contestó ella, sin mirarlo.

–Lynn, no puedo ayudarte si no me lo cuentas.

–Ya te he dicho que no necesito tu ayuda. Tengo que pagar deudas de... las tarjetas de crédito. Y puedo cancelarlas vendiendo algunas cosas que no necesito.

Sawyer dejó escapar un suspiro. ¿Brett no había aprendido nada después de tener que apretarse el cinturón tras la muerte de sus padres? Y desde que se casó con su hermano, Lynn había llevado un estilo de vida muy sofisticado, con vestidos caros, manicura, peluquería... Se cambiaba el color del pelo cada temporada.

Su hermano solía decir que cada vez que se teñía el pelo era como hacer el amor con una mujer diferente, una pelirroja, una morena... Era como engañarla sin engañarla, solía decir, guiñándole un ojo.

Esos comentarios le asqueaban, pero nunca se lo dijo. Como tantas otras cosas.

Lynn. Lynn era tan importante para él... Una vez creyó que había un futuro para los dos, pero eso fue ante de que ella eligiera a su hermano.

A Sawyer le gustaba cuando iba de rubia y, además, ahora sabía que era su color natural. Pero le gustaba más cuando era una camarera que se cambiaba el uniforme por un par de vaqueros. Sí, lo atraían sus curvas como a cualquier hombre, pero prefería que una mujer dejase algo a la imaginación. Y desde que se casó con su hermano... esos vestidos que llevaba eran como una segunda piel.

Sawyer se aclaró la garganta, intentando controlar la incomodidad que empezaba a sentir bajo la cremallera del pantalón.

—¿Cuánto dinero debes?

Lynn levantó la barbilla, orgullosa.

—Mira, ahora mismo estoy ocupada. ¿Podemos hablar de esto en otro momento?

Estaba claro que no quería darle explicaciones. Sawyer sabía que no tenía derecho a interrumpir el rastrillo, pero no podía soportar ver a unos extraños llevándose las cosas de su hermano.

—¿A qué hora terminarás?

—Mi vecino vendrá a las tres para ayudarme a guardar lo que no se haya vendido.

—Volveré por la tarde entonces.

* * *

Como si no hubiera pasado nada. Tenía que decirse a sí misma que el hombre que se acercaba no le había dado más placer en cinco minutos que su marido en cuatro años.

Como era una cobarde, Lynn salió corriendo hacia la puerta de la cocina. No podría soportar recibirlo en el vestíbulo.

El polo azul marino de Sawyer delineaba sus pectorales a la perfección. La manga corta revelaba unos bíceps y unos antebrazos bien formados, cubiertos por un suave vello oscuro, el mismo que asomaba por el cuello abierto del polo. Los pantalones de color caqui, cortos, dejaban al descubierto unas piernas musculosas, duras como piedras. Lynn apretó los puños, casi haciendo un esfuerzo para no tocarlo.

Había perdido a su marido y, aunque hubiese dejado de amar a Brett mucho tiempo atrás, no debería mirar así a su hermano. Avergonzada, agachó la cabeza, esperando que él no se hubiera dado cuenta.

—Has estado evitándome.

—Es que he estado muy ocupada con el papeleo, la inmobiliaria...

Sawyer la miró de arriba abajo, haciéndole sentir un escalofrío.

—¿Cómo va todo, Lynn?

—Bien. ¿Y tú, cómo estás?

Él se encogió de hombros. Qué típico de los hombres esconder sus emociones, pensó. Su padre, un duro policía, había sido igual... especialmente tras la muerte de su madre.

–Entra, por favor. ¿Quieres un café?

–Sí, gracias.

Lynn intentó controlar el temblor de sus manos para no tirar el café en la encimera. Pero le resultaba difícil porque notaba los ojos de Sawyer clavados en su espalda.

–¿Cuánto dinero debes? –la pregunta parecía impersonal, pero no así su mirada. La intimidad estaba entre ellos como si fuera algo vivo, algo que los conectaba como nunca.

«No intentes engañarte a ti misma». No habían hecho el amor en el vestíbulo, sólo habían copulado como dos animales en celo. Y el arrepentimiento de los dos dejaba claro que no volvería a repetirse.

Entonces, ¿por qué no podía olvidarlo? ¿Y por qué, cuando Sawyer la miraba de esa forma, su cuerpo parecía recordar cada caricia, cada beso?

«Dios mío, ¿qué pensará de mí?», se preguntó. ¿Se habría convertido en la típica viuda alegre? Nerviosa, dio un paso atrás, hacia la ventana que daba al jardín, y se concentró en las plantas, quitando una hoja por allí, arrancando una raíz por allá. Pero el aroma de su colonia parecía perseguirla.

–¿Cuánto dinero debes, Lynn? –insistió Sawyer.

–Eso no es problema tuyo.

–Lo es si tengo que ayudarte.

–No tienes que ayudarme. Sólo tienes que comprar las acciones de Brett. Con ese dinero pagaré todas las deudas.

Él se metió las manos en los bolsillos del pantalón.

–Ahora mismo no puedo hacerlo. La empresa está atravesando ciertas dificultades.

Lynn sintió un escalofrío en la espalda. Eso era lo único que tenía. Si no podía vender las acciones, estaría en la ruina.

–Pero necesito el dinero para empezar de nuevo una vez que venda la casa.

–Y yo necesito que seas paciente. Dame la oportunidad de levantar la empresa otra vez. Si vendes ahora, sólo conseguirías una fracción de lo que valen.

–Pero...

–¿Qué piensas hacer?

Lynn se llevó una mano a la frente.

–Mi tía ha dicho que puedo quedarme con ella durante un tiempo.

–¿En Florida? Si estás buscando vivienda gratis, ven a mi casa. Hay sitio para ti.

La oferta era tentadora, pero... Ella adoraba aquella pequeña ciudad, con sus colinas, sus carreteras llenas de curvas y su ambiente universitario. Y la casa de Sawyer, en la zona más antigua de la ciudad, tenía un encanto que nunca tendría una casa nueva. Cuando terminase con las reformas, quedaría de maravilla.

Pero Sawyer le había hecho perder la cabeza. Y después de cuatro años soportando una relación que la tenía atada de pies y manos, no quería volver a perder la cabeza por nadie.

–Gracias, pero esperemos no tener que llegar a eso.

–¿Estás buscando trabajo?

–Sí.

Llevaba tres días buscando, pero los universitarios se habían marchado a casa para pasar el verano y los establecimientos estaban recortando personal.

–¿Te gustaría trabajar en mi empresa?

Lynn miró por la ventana. Lo último que deseaba era tener que ver a Sawyer todos los días, recordar que se había aferrado a él como una mujer hambrienta de afecto.

–Nunca he trabajado en una oficina.

Él le puso una mano en el hombro. Cuando se volvió, en sus ojos vio simpatía, frustración y... deseo. Tampoco Sawyer había olvidado lo que pasó.

–Lynn, yo puedo darte dinero para los primeros gastos u ofrecerte un puesto de trabajo. Elige tú. Pero no me gustaría que te fueras de Chapel Hill hasta que sepamos si estás embarazada de Brett... o de mí.

El corazón de Lynn se aceleró. ¿Sería posible? ¿Podría estar embarazada de Sawyer? Si fuera así... ¿cómo podía negarle sus derechos como padre?

«No temas algo que aún no ha pasado. Las posibilidades de quedar embarazada el primer mes, después de tomar la píldora durante tanto tiempo, son muy escasas».

–Gracias, pero prefiero buscar otro trabajo.

No quería rendirse a la tentación de pedirle ayuda, de apoyarse en él. Había llegado el momento de solucionar los problemas por su cuenta.

—Quiero ayudarte —insistió Sawyer.

Ella respiró profundamente.

—Y yo quiero un trabajo de verdad, no uno que me dan por compasión.

—Éste es un trabajo de verdad. Mi secretaria necesita ayuda. La secretaria de Brett se marchó hace meses y Opal tiene que hacer su trabajo y el de Nina.

Lynn abrió mucho los ojos. Nina. La amante de Brett.

Como le había pedido que no lo llamase a la oficina a menos que fuera algo muy urgente, Lynn ni siquiera sabía el nombre de su última secretaria... ¿Sabría Sawyer que su hermano le era infiel? ¿Mentiría para protegerlo?

Con el corazón en la garganta, Lynn intentó encontrar una respuesta lógica:

—Nunca he trabajado como secretaria.

—Ya aprenderás.

—Me lo pensaré. Pero siéntate un momento, quiero enseñarte algo.

—¿Qué?

—Espera, tengo que subir al dormitorio.

Cuando miró hacia el vestíbulo, comprobó que Sawyer estaba mirando también. Y en sus ojos vio que también él recordaba lo que había pasado...

* * *

Sawyer observó el contenido de la cajita de madera que Lynn había dejado sobre la mesa. Había objetos de oro, plata y otros metales preciosos, todos mezclados.

–¿Lo has guardado tu?

–Ni siquiera sabía que Brett tuviera escondido este tesoro hasta que me puse a buscar el testamento. Encontré la caja escondida en el fondo de un armario, pero he visto tu nombre en un par de cosas y pensé que estarías interesado. No quiero vender nada que tenga algún valor sentimental para ti.

–¿No has encontrado el testamento?

–No. El abogado ha buscado en el registro, en el banco y en todas partes, pero parece que Brett murió sin hacer testamento.

Otro detalle que su hermano había olvidado. A Sawyer lo enfurecía que hubiera sido tan irresponsable. Si un hombre amaba a una mujer, intentaba cuidar de ella... y de los hijos que pudieran tener.

Intentando no pensar en eso, sacó un reloj de oro de la caja y trazó con el dedo el nombre grabado por detrás. Recordó entonces a su padre mirando aquel reloj, diciendo que se lo dejaría como herencia...

–Era de mi bisabuelo, el primer Sawyer Riggan.

Lynn dejó una taza de café sobre la mesa y se apartó enseguida, como si tuviera miedo de acercarse demasiado.

–¿Y por qué lo tenía Brett?

—Porque me lo pidió.

Y, tras la muerte de sus padres, él le había dado todo lo que le pedía.

—Pero era para ti, ¿no?

—Se lo debía.

Le debía algo que nunca podría pagarle.

—¿Qué le debías?

¿No se lo había contado Brett? Sawyer apartó la mirada.

—Yo maté a nuestros padres.

Lynn se llevó una mano al corazón.

—Tus padres murieron en un accidente.

—Pero yo iba al volante.

—Un borracho se saltó un semáforo...

—Si yo no hubiera arrancado en cuanto el semáforo se puso en verde, si hubiera mirado dos veces en lugar de pisar el acelerador como un loco...

Lynn se sentó a su lado.

—Sawyer, el accidente no fue culpa tuya. Brett me lo contó todo. El otro conductor no llevaba las luces encendidas, iba borracho, se saltó el semáforo... tú no pudiste hacer nada.

Sawyer respiró profundamente y ella apartó la mano, nerviosa.

Desde la muerte de Brett, Lynn había dejado de usar perfume, pero su olor natural era mil veces más embriagador. Y también había dejado de peinarse con ese estilo... como recién salida de la cama. Aquel día llevaba el pelo liso y le habría gustado despeinarla, verla como la había visto cuando hicieron el amor en el vestíbulo.

No, no habían hecho el amor, se corrigió a sí mismo. Hacer el amor implicaba tener sentimientos y él ya no sentía nada por ella. ¿O sí?

Aclarándose la garganta, volvió a mirar la caja, buscando las alianzas de sus padres. Al verlas, volvió a sentir su muerte como aquel día, diez años antes. Y oyó de nuevo las últimas palabras de su madre: «Cuida de Brett. Pase lo que pase, no dejes que nuestra familia se separe».

Sawyer acarició las alianzas, estudiando el intrincado dibujo.

—Son preciosas —murmuró Lynn—. El dibujo es muy raro, ¿no?

—Brett me dijo que no querías ponértela.

Ella levantó una ceja, sorprendida.

—Pero si no las había visto nunca...

—¿No te la ofreció mi hermano?

—No... Quizá quería conservarlas juntas. Ya sabes que él no quería ponerse alianza.

No tenía sentido. Brett le había suplicado que le diera las alianzas y el reloj y, sin embargo, parecía como si nunca hubiera usado ninguna de esas piezas.

Un colgante de plata en forma de corazón llamó entonces su atención. Dentro había dos fotografías de Brett y él, de niños.

—Esto era de mi madre. Quería dejárselo a su nieta, si tenía alguna.

Sin darse cuenta, Sawyer deslizó la mirada hasta su abdomen. Su hijo, o su hija, podría estar creciendo dentro de ella en ese momento... Lynn estaba mordiéndose los labios y el deseo de acariciarlos era tan fuerte que tuvo que apartar la mirada.

Ninguno de los dos dijo nada, pero la tensión que había entre ellos era innegable. Sawyer no podría explicar la mezcla de emociones que sentía en ese momento. ¿Miedo, emoción, angustia?

–Si algún día tienes una hija, seguro que se sentirá orgullosa de llevar ese colgante –dijo Lynn, levantándose–. Es muy bonito.

El resto de las joyas que había en la caja tenían poco valor, pero Sawyer encontró una navaja que creía haber perdido en el colegio... y la esclava que su ex novia le regaló. ¿Por qué las tenía Brett? ¿Y por qué había guardado todo eso en una caja de madera, sin decírselo a nadie?

–Éstos son tus recuerdos, Sawyer. Deberías conservarlos para tu familia.

–La familia Riggan terminará conmigo... a menos que tú... ¿cuándo sabrás si estás embarazada?

Lynn lo miró, sorprendida y nerviosa.

–Dentro de una semana, más o menos.

–Me lo dirás en cuanto lo sepas –era una afirmación, no una pregunta.

–Sí, claro.

–¿Quieres tener un hijo, Lynn?

Ella respiró profundamente.

–Siempre he querido tener hijos pero ahora no es el mejor momento. Y sin saber quién... –no pudo terminar la frase, avergonzada.

–Yo te ayudaré, sea quien sea el padre.

—Gracias.

En ese momento sonó el timbre.

—Debe de ser la cena. He llamado a un restaurante chino mientras estabas arriba –dijo Sawyer, levantándose.

Volvió unos minutos después, con dos bolsas en la mano.

—No tenías que invitarme a cenar –murmuró Lynn.

Él apretó los dientes.

—Tienes que comer. Estás muy delgada.

—Eso no es asunto tuyo.

—Sí lo es, Lynn. Es asunto mío.

Capítulo Tres

Una mujer de unos cincuenta años la recibió en el vestíbulo de Riggan-Software.

Lynn tragó saliva.

–Soy Lynn Riggan. Quería ver a Sawyer.

La secretaria la miró de arriba abajo. Lynn apretó el bolso, cuando lo que hubiera querido era arreglarse el pelo y estirarse la falda del ajustado vestido verde esmeralda. Odiaba los vestidos que Brett le compraba, pero no tenía dinero para comprar otros.

–Soy Opal Pugh, la secretaria de Sawyer. Lamento mucho la muerte de su marido, señora Riggan.

–Gracias.

Aquélla era la mujer a la que Brett llamaba «el dragón de Sawyer».

–Voy a ver si está disponible –sonrió Opal, llamando a la puerta del despacho.

A Lynn no le gustaba depender de su cuñado, pero no había podido encontrar trabajo. En verano no se contrataba a nadie en Chapel Hill. Mirando alrededor, observó la decoración de la oficina: en el suelo, una elegante moqueta de color gris, un escritorio de roble frente a un sofá de terciopelo granate... Y los cuadros que había en las paredes parecían originales.

La puerta del despacho se abrió enseguida y Opal le hizo un gesto.

–Pase, por favor.

A Lynn le temblaban las piernas. Ojalá sólo tuviera el estómago revuelto por los nervios, pero el hombre que acababa de levantarse contribuía bastante. Sawyer parecía más grande allí, en su territorio. Un hombre formidable de treinta y dos años, que había convertido una simple idea en una empresa floreciente. Llevaba dos botones de la camisa desabrochados y Lynn podía ver el vello oscuro de su torso...

–Buenos días, Lynn –su voz profunda pareció acariciarla.

–Buenos días –dijo ella, tirando de su vestido. Después del sueño que había tenido la noche anterior, cualquier roce con la tela la excitaba... sobre todo, bajo la mirada de Sawyer.

La puerta se cerró y, de repente, el despacho le pareció más pequeño, más amenazador. Sin aire.

–He decidido aceptar tu oferta... si sigue en pie.

–Desde luego que sí. Bienvenida a bordo –sonrió él, ofreciéndole su mano.

Si hubiera encontrado una forma de evitar el apretón de manos, lo habría hecho. Pero tuvo que dejar que los largos dedos masculinos se enredaran en los suyos; esos dedos que la habían acariciado, que habían apretado su trasero mientras la poseía, primero en el vestíbulo y luego en sus sueños, la noche anterior.

El olor de la colonia masculina aceleró absurdamente su corazón. Y sus mejillas no eran la única parte de su cuerpo que estaba encendida. Brett la había acusado de ser una mojigata, pero sus pensamientos no eran mojigatos en aquel momento.

–Quiero dejar claro que sólo estoy buscando trabajo... nada más.

–Ya lo sé –dijo él, dando un paso atrás, como si le hubiera dado una bofetada.

–Perdona, yo...

–Acordamos que lo que pasó el otro día había sido un error –dijo Sawyer entonces, sin mirarla–. Siéntate, por favor.

Lynn se dejó caer sobre la silla. Por supuesto, no quería saber nada de ella. ¿Qué hombre querría?

–Eres copropietaria de la empresa, así que trabajaremos juntos. ¿Eso es un problema para ti?

¿Sería un problema trabajar a su lado todos los días? Sí.

–No.

Sawyer se sentó y juntó las manos sobre el escritorio.

–¿Cuándo quieres empezar?

–¿Hoy? ¿Mañana? Lo antes posible... pero antes me gustaría ver el despacho de Brett. ¿Te importa?

Los ojos del hombre se llenaron de compasión y Lynn se sintió como una farsante. Ella no era una viuda desconsolada. Había llorado suficiente durante su matrimonio y se sentía como una tonta por haber perdido cuatro años de su vida.

–¿Quieres que te acompañe?

–Sí, bueno...

Lynn se levantó, con las piernas temblorosas. Fueron en silencio por el pasillo, pero cuando llegaron al despacho Sawyer la rozó con el hombro.

–Supongo que querrás llevarte las cosas de Brett... incluido esto.

Era una fotografía tomada pocos días antes de la boda. Lynn miraba a aquellas dos personas como si fueran dos extraños, pero eran Brett y ella. Le brillaban los ojos como si alguien le hubiera ofrecido el mundo en bandeja de plata. ¿Cuánto tiempo había pasado desde la última vez que sintió esa emoción, esa felicidad? Pero ella creía en el matrimonio y había intentado que el suyo funcionara...

¿Por qué no se había dado cuenta antes de que la emoción que brillaba en los ojos de su marido no era amor, sino un enfermizo deseo de posesión? Qué tonta había sido al no darse cuenta de que para Brett sólo había sido un accesorio. Él esperaba que vistiera a su gusto, que mantuviera una imagen perfecta, que se la viera pero no se la oyera.

¿Por qué ella?, se había preguntado muchas veces. En el diario, Brett dejaba bien claro que no la amaba, que nunca la había amado.

El calor de la mano de Sawyer en su hombro la devolvió a la realidad. Y, no por primera vez, se fijó en las diferencias que había entre los dos hombres. Los ojos de Brett eran de un azul muy claro y su pelo rubio. Los ojos de Sawyer eran de un azul intenso y tenía el pelo negro.

–¿Te encuentras bien? ¿Quieres que llame a Opal para que guarde las cosas de Brett?

–No, da igual. Puedo hacerlo yo –mintió Lynn. El deseo de apoyarse en su hombro era tan fuerte que tuvo que apartarse.

Las cosas empezaron a ir mal durante el primer año de matrimonio. Brett sugirió que se tiñera el pelo, que se hiciera un implante de silicona en los pechos, que se pusiera colágeno en los labios... Ella se había negado a pasar por el quirófano, pero experimentó con todos los tintes posibles de pelo. Nada le satisfacía, de modo que recientemente había vuelto a su rubio natural.

Lynn había querido desesperadamente tener la familia que Brett le había prometido antes de casarse, quería que volviera a ser el hombre que la enamoró tras su decepción con Sawyer... Pero, aparentemente, había fallado en todo.

–¿Podrías dejarme sola un momento?

–Por supuesto. Yo también he estado aquí solo muchas veces –suspiró él–. Si necesitas algo, llámame. Sólo tienes que pulsar el botón rojo del teléfono.

En cuanto la puerta se cerró, Lynn dejó la fotografía boca abajo y empezó a buscar en los cajones, pero no sabía lo que estaba buscando. ¿Otras cuentas bancarias, pruebas de las infidelidades de Brett?

Un golpecito en la puerta la sobresaltó.

—¿Sí?

Opal asomó la cabeza con un montón de cajas, que dejó en el suelo.

—¿Quiere que la ayude?

—No, gracias.

—Sawyer me ha dicho que va a trabajar con nosotros. ¿Qué sabe hacer?

El tono frío de la mujer dejaba claro que no le hacía mucha gracia. Lynn suspiró. ¿Qué sabía hacer, además de servir mesas y planear elaboradas cenas para los amigos de su marido?

—Yo... ayudaba a Brett cuando llevaba trabajo a casa y...

Lynn se mordió los labios. Había cuidado a los niños de sus vecinos sin que su marido lo supiera. Y con ese dinero se pagó un curso de informática. Pero Brett había desaparecido. Sus secretos ya no podían hacerle daño.

—¿Sabe algo de informática?

—He hecho un curso con los programas básicos.

—Bueno, al menos sabe algo —suspiró Opal—. A ver si reconoce estos programas —murmuró, encendiendo el ordenador.

Cuando Lynn vio los programas, dejó escapar un suspiro de alivio.

—Sí, creo que sé usarlos.

—Si supiera usar un programa para crear fo-

41

lletos promocionales, me alegraría el día –dijo la secretaria entonces–. Brett estaba trabajando en eso antes del accidente, pero el proyecto ha terminado sobre mi mesa.

Lynn sonrió.

–Le eché un vistazo al programa mientras Brett trabajaba en él. Además, hice un curso de diseño gráfico por ordenador.

Opal levantó una ceja.

–¿Está dispuesta a intentarlo? Nos ahorraríamos tener que contratar a una empresa de fuera.

¿Qué podía perder?, se preguntó Lynn.

–Puedo intentarlo.

–Estupendo. Haga lo que pueda y luego le presentaremos el proyecto a Sawyer, a ver qué dice. ¿Le importaría trabajar en este despacho? Los archivos están en el disco duro.

Lynn se mordió los labios. El despacho de Brett...

–De acuerdo.

Si lo intentaba, seguramente podría olvidar que Sawyer estaba sólo a unos metros de allí.

–No quiero que la policía se meta en esto, Carter –Sawyer miraba a su antiguo compañero de facultad mientras tomaban una cerveza–. Quiero saber quién me está robando, pero no me apetece denunciarlo públicamente.

–Muy bien. Es una empresa privada, así que no vas a ocultarle información a ningún inversor.

–Mi cuñada y yo somos los propietarios de la empresa, pero prefiero que Lynn no sepa nada de la investigación. Ella ya tiene suficientes problemas como para preocuparse de esto.

–Sí, ya... Oye, siento mucho lo de Brett –murmuró Carter, rozando el posavasos con el dedo–. ¿Crees que alguno de tus empleados está metido en esto?

Sawyer intentó controlar la angustia que sentía cada vez que alguien mencionaba el nombre de su hermano.

–Lo que he averiguado me lleva en esa dirección, pero sólo somos quince y nos llevamos muy bien... No me imagino a ninguno de mis empleados llevándose secretos de la empresa a la competencia. O me he perdido algo en mis investigaciones o...

–¿Tú? Lo dudo. Además, ya sabes que el robo de secretos informáticos es bastante habitual.

Que alguien le estuviera pasando sus programas a la competencia era algo incomprensible para Sawyer. Él comía en casa de sus empleados, conocía a sus familias, incluso jugaban juntos al fútbol.

–Yo confío en mi equipo.

Carter lo miró, escéptico.

–Pues mi trabajo consiste en averiguar si confías demasiado. ¿Quieres que trabaje desde dentro o desde fuera?

–Con tu reputación como detective informático, sonaría la alarma en cuanto aparecieses en la oficina. Yo te daré las claves.

–¿Y nadie se dará cuenta?

–La persona que se encarga de controlar a los intrusos está de baja por maternidad hasta el mes que viene. Y el resto está hasta el cuello de trabajo con un proyecto para una empresa farmacéutica, pero te daré mi contraseña, por si acaso.

–¿Tanto confías en mí? –rió Carter.

–Como en un hermano.

–Lo mismo digo. Bueno, ¿y cuánto te ha costado esto?

–Una fortuna. Estábamos a punto de lanzar un nuevo programa, pero alguien nos ganó por la mano. Y sospecho que no es la primera vez. Tuvimos un incidente parecido hace un par de meses. Entonces pensé que había sido mala suerte, pero ahora no estoy tan seguro.

–¿Esto representa un problema serio?

Sawyer asintió con la cabeza.

–Sí. Hay que hacer lo que sea para evitar que ocurra de nuevo.

–Encontraremos al ladrón. Mientras tanto, necesito los nombres de todos tus empleados... y quiero saber quién tiene acceso a qué.

Sawyer terminó su cerveza.

–Te enviaré un e–mail desde la oficina. Siendo viernes por la noche, no quedará ni un alma.

–La información que tengo aquí es suficiente para empezar –dijo Carter, señalando la carpeta.

–Gracias. Esto es muy importante para mí. Te debo una.

Su amigo sonrió.

–De eso nada. Así quedaremos en paz.

No era una inútil y lo había demostrado. Lynn llevaba tres días peleándose con los folletos y estaba decidida a terminar aquella misma noche para no pasarse todo el fin de semana pensando en el asunto.

Tragando saliva para controlar el sabor amargo que tenía en la boca, aumentó el tamaño de la figura que había en la pantalla. Por fin, su estómago parecía haberse dado cuenta de que no iba a parar para comer o cenar. Había dejado de rugir horas antes y ahora parecía dar vueltas como el tambor de una lavadora. Debería marcharse a casa, pero le quedaba poco para terminar...

Su estómago empezó a protestar de nuevo. Con un vaso de agua se le pasaría, pensó, levantándose. Pero tuvo que agarrarse a la mesa para no perder el equilibrio. No podía ponerse enferma... tenía que probarle a todo el mundo que era capaz de hacer su trabajo.

Lynn salió al pasillo tapándose la boca con la mano. Afortunadamente no había nadie en la oficina, de modo que nadie pudo verla corriendo al lavabo para vomitar.

Pero la puerta se abrió de golpe.

–Lynn, ¿te encuentras bien? Te he visto entrar corriendo...

Sawyer.

¿Por qué aquel hombre la encontraba siempre en el peor momento?

—Estoy bien —consiguió decir... antes de vomitar de nuevo.

Oyó el grifo del lavabo y enseguida sintió una toalla mojada sobre la frente. Lynn le hizo un gesto para que se fuera, pero Sawyer no se movió.

Después de lo que le pareció una eternidad, por fin las náuseas desaparecieron. El duro suelo se clavaba en sus rodillas y, temblando, tiró de la cadena.

Le daba vueltas la cabeza y tuvo que agarrarse a la pared, pero Sawyer la sujetó por la cintura.

—Tranquila, bebe un poco de agua.

Al ver su imagen en el espejo, Lynn hizo una mueca. Se le había corrido el rímel y estaba pálida como una muerta. «Estupendo», pensó. Nerviosa, se mojó la cara con una toalla.

—¿Estás embarazada? —preguntó Sawyer.

Lynn se mordió los labios mientras hacía un rápido cálculo mental. Con los nervios por vender la casa y empezar a trabajar había olvidado... o quizá había querido olvidarlo.

—No lo sé.

—Te llevaré a casa y en el camino compraremos un test de embarazo.

Ella hizo una mueca. Si estaba embarazada quería descubrirlo a solas para decidir qué iba a hacer.

—No es necesario.

—Sí lo es. Podrías estar embarazada de mi hijo —dijo Sawyer.

–O no –replicó Lynn–. Además, podría ser la gripe o un virus... cualquier cosa.

Sawyer no parecía convencido. Y lo peor era que ella tampoco lo creía. Con su mala suerte, seguramente estaría embarazada de Brett... ahora que no podía permitirse tener una familia después de haberla deseado tanto.

Y si fuera hijo de Sawyer...

–¿Has comido? –preguntó él.

Lynn hizo una mueca.

–Sí... bueno, no. No he comido nada desde el desayuno.

Sawyer chasqueó la lengua.

–Voy por un zumo y unas galletitas de la máquina. Nos vemos en la puerta dentro de tres minutos.

–Sawyer...

–Lynn, por favor –la interrumpió él. Su tono le advertía que discutir sería una pérdida de tiempo.

Además, estaba demasiado cansada, así que aceptó que la llevara a casa y fue comiendo galletitas hasta la farmacia. Él mismo bajó del coche para comprar el test y, veinte minutos más tarde, paraba delante de su casa.

Lynn no tenía energías para hacerse el test esa noche. Sólo quería meterse en la cama y dormir hasta el día siguiente.

–Nos vemos mañana.

–Voy a entrar contigo.

Ella dejó escapar un suspiro. El garaje estaba cerrado, de modo que no le quedaba más remedio que entrar por la puerta principal, pero le temblaban las manos mientras sacaba la llave. Cuando atravesaron el vestíbulo no podía mirarlo; no podría soportar ver el arrepentimiento en sus ojos.

–Espérame en el salón, vuelvo enseguida.

Sus tacones repiqueteaban por el suelo de mármol. La bolsa del test le pesaba una tonelada mientras subía por la escalera... y entonces oyó los pasos de Sawyer.

–¿Qué haces?

–Esperaré arriba mientras te haces el test.

Lynn entró en el cuarto de invitados. Ni siquiera por Sawyer podría soportar estar en la habitación que había compartido con Brett, la habitación en la que se había sentido como un fracaso, cuando descubriera si iba a o no a ser madre.

–¿No duermes en el dormitorio principal?

–Estos muebles eran de mi familia. Mi abuela me regaló esa colcha cuando me casé y necesitaba... –Lynn no terminó la frase.

–Tenerla cerca –dijo él, comprensivo. Brett nunca había aceptado su necesidad de conservar esos recuerdos. Su marido quería tirar lo que llamaba «trastos viejos».

Lo último que vio antes de cerrar la puerta del baño fue a Sawyer sentándose sobre la cama de bronce. Estoico y decidido a hacer lo que creía mejor, no podía ser más diferente de su hermano, que solía elegir el camino más fácil.

Lynn leyó las instrucciones dos veces. Le temblaban las manos y tenía los dedos de mantequilla. Tres minutos. Si salía un punto rosa, era que sí.

Siguió las instrucciones y luego se lavó las manos, se cepilló los dientes y miró el reloj. Faltaban dos minutos. Sin mirar el test, se cepilló el pelo y, nerviosa, colocó las cosas que había sobre el lavabo. No oía nada al otro lado de la puerta. ¿Estaría Sawyer tan nervioso como ella?

Miró su reloj de nuevo. Faltaba un minuto. ¿Quería tener un hijo?

Sí.

No.

No podía decidirse. La razón luchaba contra la emoción. Quería un hijo, pero no podía permitírselo en aquel momento.

Con el corazón acelerado y la frente cubierta de sudor, se concentró en la segunda manecilla del reloj y contó hacia atrás: cinco, cuatro, tres, dos, uno. Con el corazón en la garganta, miró el test de embarazo.

Un puntito rosa.

La primera reacción fue de alegría, pero entonces la realidad apareció como una mano helada.

Estaba esperando un hijo, pero ¿de quién?

Capítulo Cuatro

La puerta del cuarto de baño se abrió y, al ver la expresión de Lynn, el corazón de Sawyer empezó a latir como si quisiera salirse de su pecho.

–Estás embarazada.

–Eso parece.

–Nos casaremos –anunció él entonces.

Había estudiado todas las posibilidades y el matrimonio era la mejor forma de establecer una conexión legal con su hijo.

Lynn se agarró al marco de la puerta, con expresión asustada.

–Pero el niño podría no ser tuyo.

Sawyer apretó los dientes. ¿Importaba quién fuera el padre? Aquel niño era un Riggan, la única familia que le quedaba. Y tenía que mantener unida a su familia.

–Quiero ser su padre.

–Sawyer, no es necesario. Si me voy a Florida...

Él la interrumpió, asustado:

–Las familias deben permanecer unidas.

Lynn se sentía atrapada.

–Sí, pero no tenemos que casarnos. Si es tu hijo, podrás ir a verlo cuando quieras.

—¿Y si no lo es?

—Entonces me iré a vivir a Florida, con mi tía.

Sawyer no podía dejar que eso pasara. Había perdido a Brett, pero no quería perder a su hijo.

—¿Y cómo vas a saber de quién es el niño antes de hacer una prueba de ADN?

—Sé que hay pruebas prenatales de ADN, pero creo que existe cierto riesgo para el niño. Y no estoy dispuesta a arriesgar la vida de mi hijo cuando puedo esperar unos meses.

Al menos, estaban de acuerdo en algo.

—De todas formas, quiero ser su padre –insistió Sawyer–. Tú sabes que tener un padre y una madre es la situación ideal para un niño. Cuando salíamos juntos, me dijiste que tu vida cambió por completo cuando tu madre murió.

Ella dejó escapar un suspiro.

—Sigues apenado por la muerte de Brett y no piensas con claridad. Uno de estos días querrás casarte y tener tu propia familia...

—Brett habría querido que cuidase de su hijo.

—No creo que...

Sawyer señaló el montón de facturas que había sobre la cómoda.

—Estás hasta el cuello de deudas. Admítelo, no puedes hacerlo sola.

—Si comprases mi parte de la empresa, no tendría ningún problema.

—Ya te he dicho que no puedo hacerlo ahora mismo. Además, el acuerdo que tenía con mi hermano me da doce meses para encontrar el dinero.

–¿No puedes pedir un préstamo?

–¿De un millón de dólares? Sólo podría hacerlo hipotecando mi empresa. Y no pienso hacerlo.

Ella lo miró, boquiabierta. Seguramente, no conocía el valor de las acciones de Brett.

–Pero yo no quiero volver a casarme...

El dolor que Sawyer tenía en el pecho desde que murió su hermano se incrementó de tal forma que le costaba trabajo respirar.

–Te estoy pidiendo doce meses, Lynn. Para entonces podré comprar tu parte de la empresa y, además, sabremos quién es el padre del niño. Abriré un fondo a su nombre en cuanto nos divorciemos y, mientras tanto, tú tendrás el mejor seguro médico y un techo sobre tu cabeza.

–No sabes lo que me estás pidiendo –suspiró Lynn.

–Sé que sigues enamorada de Brett y no estoy intentando reemplazarlo. Yo lo quería tanto como tú.

Ella apartó la mirada. Ese gesto era claramente una negativa y, aunque a Sawyer le habría gustado creer que no era un golpe para su ego, no solía engañarse a sí mismo.

–En Carolina de Norte no hacen falta análisis de sangre para casarse, pero el papeleo tardará más o menos una semana. Y necesito tu partida de nacimiento.

Lynn levantó la cabeza.

–Te he dicho...

–Ya casi he terminado de reformar la casa.

Hay un dormitorio con un cuarto de baño y una salita bastante grande... Podría ser tu cuarto y el del niño.

–Un matrimonio sin amor está destinado al desastre –suspiró ella.

Su tono atormentado lo sorprendió. Sabía que su madre había muerto cuando Lynn tenía once años y que su padre había enterrado sus penas en el trabajo a partir de entonces, dejándola al cuidado de su tía, pero ignoraba que sus padres no hubieran sido felices.

–El banco ha emprendido un procedimiento administrativo contra ti. ¿Qué vas a hacer?

–¿Quién te ha dicho que podías leer mi correo? –exclamó Lynn, furiosa.

Sawyer no lo hizo a propósito, pero había estado encerrada en el baño durante los trece minutos más largos de su vida... y le resultó imposible no mirar las cartas del banco.

¿Por qué no habían pagado la hipoteca?, se preguntó. Era absurdo, su hermano ganaba un buen sueldo en la empresa.

–¿Preferirías que no me importase? ¿Quieres que me vaya y deje que el banco te eche a la calle?

No sería capaz, pero seguramente Lynn no lo sabía.

Y parecía tan frágil, tan cansada... Habría querido abrazarla y prometer que todo iba a salir bien, pero no podía hacerlo. No podía garantizar que iba a encontrar al canalla que le estaba pasando secretos a la competencia.

–No, es que... no creo que pudiera casarme contigo.

¿Casarse con él era un destino peor que la muerte? Incluso aunque no le hubiera hecho esa promesa a su madre, quería cuidar de Lynn y del hijo que llevaba dentro. Al pensar en ese niño, un increíble y desconocido deseo de protección lo invadió.

–En mi casa hay sitio para los dos. Montaremos un columpio en el jardín y aún te quedará sitio para ese huerto que siempre habías querido.

Se odiaba a sí mismo por usar contra ella los sueños de los que le había hablado cuando salían juntos, pero haría lo que fuera para no perder a ese niño.

Entonces, sin pensar, la abrazó. Aunque Lynn permanecía tensa, disfrutó de la suavidad de su piel, del calor que parecía llegarle casi hasta el corazón. Pero no podía ser.

Un momento de debilidad era más que suficiente. No podía volver a ocurrir.

Sawyer se apartó y esperó que su corazón volviera al ritmo normal.

–Cásate conmigo, Lynn. Deja que mi casa sea tu hogar y el de tu hijo.

El anhelo que vio en sus ojos azules lo emocionó. Pero era un hogar y una familia lo que Lynn quería, no a él. Y sería mejor no olvidarlo.

No había amor entre ellos. Sin embargo, el deseo de besarla era tan fuerte que tuvo que apartar la mirada.

Lynn se dejó caer sobre la cama, enterrando la cara entre las manos. ¿Cómo podía confiar en otro hombre? Y no un hombre cualquiera, sino un hombre que la odiaría si supiera que fue ella quien echó a Brett de casa aquella noche. No, ella no era la culpable de la muerte de su marido, pero si no le hubiera gritado, si no hubiera discutido con él, quizá Brett seguiría vivo.

¿Debía arriesgarse a vivir con Sawyer? Cinco años antes había estado enamorada de él... pero entonces se marchó de viaje sin decirle adiós. No había que tener una educación universitaria para entender lo que significaba eso: no la quería. Como no la había querido Brett.

Entonces, de repente, Sawyer se puso de rodillas delante de ella.

–Lynn, querré a ese niño como si fuera mío, sea quien sea el padre. Te lo juro.

Quería creer en la sinceridad que veía en sus ojos, pero Brett la había engañado tantas veces... Lynn miró su alianza y luego el montón de facturas que había sobre la cómoda.

Hasta que salió la esquela de Brett en el periódico no había sabido la cantidad de deudas que acumulaba su difunto marido. En el correo de cada día llegaban más y más facturas. Sólo esperaba que el dinero que consiguiera por la venta de los muebles y los objetos de valor fuera suficiente para quitarse de encima a los acreedores.

Si pudiera vivir sin tener que pagar un alquiler... pero fue el fondo a nombre del niño lo que la llevó a decidirse.

Aparte de las deudas, ¿y si le ocurría algo a ella, como le había ocurrido a su madre? Un simple resfriado terminó siendo una neumonía. Un día su madre estaba llena de vida y al siguiente, había muerto. A partir de entonces, su padre se alejó de ella por completo. Empezó a trabajar hasta muy tarde, dejándola sola con su tía. Cuando lo único que Lynn deseaba era que fuese cariñoso con ella, que no la culpara por haber llevado a casa el virus que mató a su madre...

Su tía se portó muy bien, pero cuando se desató el escándalo tras la muerte de su padre, empezó a hacer planes para marcharse de la ciudad en cuanto ella cumpliera los dieciocho años. Lynn se había sentido descartada, sola, abandonada.

Y estaba decidida a que su hijo no tuviera que pasar por eso. Si le pasara algo, Sawyer cuidaría de su hijo, estaba segura.

Pero ¿podía vivir con un hombre al que no amaba? Lynn se mordió los labios. Doce meses. Dos adultos podían vivir juntos durante ese tiempo sin que pasara nada, se dijo.

–¿Y el sexo? –preguntó, poniéndose colorada. Debería haber abordado el tema de una forma más diplomática, pensó.

Sawyer seguía mirándola a los ojos.

–¿Qué?

–Si no vamos a mantener relaciones... ¿qué harás para...? –Lynn se aclaró la garganta–. Ya sabes lo que quiero decir.

–¿Estás preguntando si voy a engañarte?

¿Por qué no? Brett lo había hecho. Además, el suyo no sería un matrimonio de verdad.

–Como el nuestro sería un matrimonio en blanco, no estaríamos engañándonos.

–¿Estás pidiéndome permiso para tener amantes?

–¡No!

–Me alegro. Porque no podría dártelo. Lynn, yo nunca he vivido como un monje y no estoy deseando hacerlo, pero las promesas de matrimonio son sagradas. Aunque sólo sea por el niño.

Ella también había creído una vez en lo sagrado de esas promesas, pero la vida le había enseñado que no todo el mundo compartía ese punto de vista.

–Puedo aguantarme durante un año y espero que tú hagas lo mismo. Ésta es una decisión importante, Lynn. Y te juro que no lamentarás haberte casado conmigo.

Se le encogió el estómago. No podía arriesgarse a decir que no, pero rezó una plegaria silenciosa para que todo saliera bien.

–Espero que tengas razón.

Sawyer se levantó, tomando su mano.

–Vamos. Necesitas comer algo más que unas galletitas.

Lo que necesitaba era estar sola para considerar su decisión, pero Sawyer no parecía querer marcharse.

–No me apetece salir.

–No hace falta, yo haré la cena.

–¿Sabes cocinar?

Brett jamás la había ayudado en la cocina. Jamás había *pasado* por la cocina.

Él la miró por encima del hombro mientras bajaba la escalera.

–¿Quién crees que hacía la comida cuando mi madre murió?

–Habría sido más fácil para ti llevar a tu hermano a un internado. Sólo tenías veintidós años.

–A veces la salida más fácil no es la correcta.

–Y a veces la correcta no es la más fácil. Me estás metiendo mucha prisa, Sawyer. Necesito un poco de espacio.

–Y tu hijo necesita un techo. A partir de ahora, es mi obligación cuidar de los dos.

Sawyer había vuelto de su reunión. Lynn aparcó el Mercedes al lado de su coche y entró en las oficinas de Riggan-Software el lunes por la tarde, rezando para que su estómago no le diera la lata.

Pero nada más entrar en su despacho se llevó una sorpresa. Alguien había instalado una neverita mientras ella estaba comiendo. Encima, una fuente con galletitas saladas y fruta fresca. Dentro había yogures, zumos y agua mineral.

Suspirando, Lynn se sentó tras el escritorio y guardó el bolso en uno de los cajones. Cuando iba a ponerse a trabajar, vio una nota de Sawyer sobre la pantalla: *No te saltes ninguna comida.*

Sawyer estaba llevando aquello de ser su guardián hasta el límite. Y empezaba a estar harta. Aunque debía reconocer que sólo pensaba en el niño y que un padre cariñoso era precisamente lo que quería para su hijo.

Durante el fin de semana había intentado buscar una alternativa al matrimonio. Sawyer no quería una esposa y ella no quería un marido. Él sólo quería poder relacionarse con el niño y eso sería fácil de resolver. Además, aquélla era una ciudad universitaria, de mentalidad abierta. Podrían compartir el niño sin casarse.

Opal llamó a la puerta en ese momento.

—Enhorabuena por el compromiso y por el embarazo. Yo tengo tres hijos y dos nietos, así que puede preguntarme lo que quiera.

Sorprendida, Lynn parpadeó. ¿Cómo iba a romper su compromiso si él ya lo había anunciado a los cuatro vientos?

Entonces se le ocurrió algo: si se negaba a casarse con él, ¿perdería su trabajo? Sawyer no podía despedir a la copropietaria de la empresa... ¿o sí? Quizá no, pero podría convertir su vida en un infierno.

—Sawyer cuidará de usted y del niño, no se preocupe. Es un hombre maravilloso y estoy segura de que será un padre estupendo. Nunca he conocido a nadie más leal a su familia, a sus amigos, a sus empleados... incluso cuando no lo merecen —siguió Opal, sin mirarla, guardando unas carpetas en los archivos.

Lynn la miró, confusa. ¿Sabría algo sobre las aventuras de Brett? ¿Lo sabría todo el mundo en la oficina?

–Ah, por cierto, Sawyer ha dicho que quería verla en cuanto llegase.

–Voy ahora mismo –murmuró Lynn, sintiendo mariposas en el estómago.

–Por cierto, me gusta su vestido. Ese estilo clásico le sienta estupendamente.

–Gracias.

Le encantaba aquel vestido, que había conseguido en una tienda de segunda mano. No era nada ajustado, como los que le gustaban a Brett. Si pudiera librarse de los zapatos de tacón... pero no tenía dinero para comprar zapatos en aquel momento.

¿Qué pensaría Sawyer de la nueva Lynn, la que había cambiado su ropa provocativa por otra más clásica? ¿Y por qué le importaba? Había perdido cuatro años de su vida intentando complacer a un hombre. La única aprobación que necesitaba era la de sus colegas.

Lynn se detuvo en la puerta de su despacho, con el corazón en la garganta. Sawyer Riggan era un hombre bueno, serio, estable y guapísimo. Podría casarse con cualquier mujer. ¿Por qué quería casarse con ella?

Por el niño, claro. Ésa era la única razón.

Él estaba mirando la pantalla del ordenador, muy concentrado, y Lynn aprovechó la oportunidad para estudiarlo. El flequillo oscuro le caía sobre la frente. Se había quitado la chaqueta y sus dedos volaban sobre el teclado con la misma seguridad con la que se habían movido sobre su cuerpo...

—¿Querías verme?

Sawyer levantó la cabeza bruscamente y la miró de arriba abajo.

—Siéntate, por favor.

Le temblaban las rodillas mientras se acercaba.

—Gracias por la nevera... y por todo. Pero si es para que no tenga náuseas, hoy no las he tenido. Además, soy perfectamente capaz de cuidar de mí misma.

—Ya lo sé, sólo quería ponértelo más fácil. Por lo que me han contado, se supone que las náuseas se evitan si comes algo a menudo. ¿Vestido nuevo?

—Sí.

Sawyer se pasó una mano por el cuello antes de levantarse.

—¿Por qué no me das tus tarjetas de crédito? Si necesitas algo de verdad, podríamos hablarlo...

Lynn lo miró, atónita. Y alarmada.

—No.

—Sé que estás muy apenada por la muerte de Brett y también sé que ir de compras es una forma de consolarse para algunas mujeres, pero no deberías gastar dinero hasta que hayas pagado todas tus deudas.

Lynn no podía articular palabra. ¿Sawyer creía que era ella quien tenía un problema con el dinero? Llevaba toda su vida ahorrando...

—Ése es un comentario increíblemente sexista.

Él tuvo el detalle de ponerse colorado, pero señaló el vestido con la mano.

–¿Niegas que has ido de compras este fin de semana?

–He cambiado algunos de mis vestidos por otros más clásicos en una tienda de segunda mano. No me he gastado un céntimo. Y, para tu información, he roto todas mis tarjetas de crédito.

–Lo siento –suspiró Sawyer entonces–. Pero no tienes que vestirte de otra forma... Te di mi palabra de que no volvería... que no volvería a forzarte.

Lynn tragó saliva, pero decidió que era el momento de dejar las cosas claras.

–No me forzaste. Nos volvimos locos los dos... perdimos el control. Necesitábamos consuelo, supongo.

Él apretó los dientes.

–Una mujer no pasa de chica de calendario a ejecutiva de la mañana a la noche si no es por una buena razón.

¿Chica de calendario? ¿Ella? Lynn estuvo a punto de soltar una carcajada. ¿Significaba eso que la encontraba atractiva?

–Para tu información, me visto así porque quiero, no porque... no por lo que pasó entre nosotros.

–¿Seguro que este cambio no tiene nada que ver con lo que pasó?

–Seguro.

–Brett murió hace tres semanas... Estás haciendo muchos cambios que podrías lamentar más adelante.

–No creo que lamente nada.

Metiéndose las manos en los bolsillos del pantalón, Sawyer se apoyó en el escritorio. La pernera del pantalón rozó su pierna y Lynn la apartó de inmediato. No lo había hecho a propósito, claro. Sawyer ocupaba mucho espacio en todas partes, en su despacho, en sus sueños, dentro de su cuerpo...

«Déjalo, Lynn, no sigas pensando en ello».

Sin embargo, un calor desconocido se instaló entre sus piernas al ver cómo esa postura destacaba sus poderosos muslos...

El recuerdo de aquella noche hacía que sintiera un pellizco en el estómago y tuvo que cerrar las piernas. Una cosa era soñar con él, pero ese comportamiento en la oficina...

Cuando se miraron, le pareció ver una chispa en sus ojos, como si hubiera leído sus pensamientos, pero enseguida desapareció.

–Lynn, tu trabajo es muy bueno –dijo Sawyer entonces, señalando la carpeta de proyectos–. He hecho un par de sugerencias. Incorpóralas y guárdalas en un disquete.

–¿Te ha gustado?

–Sí. Has hecho precisamente lo que yo esperaba. Brett no podría haberlo hecho mejor.

Su marido era la última persona en la que pensaba cuando Sawyer la miraba de esa forma.

–¿Te importaría explicarme de dónde has sacado las ideas para el folleto promocional?

Su difunto marido se habría partido de risa si se enterase, pero...

–Brett guardaba sus libros en el ático y yo... les he echado un vistazo.

–¿Has aprendido a hacer un programa de ordenador tú sola, echando un vistazo a los libros?

–Sí –contestó Lynn.

–Pero Brett me dijo que tú... que no te gustaba estudiar, que habías suspendido en la universidad.

Brett le había dicho muchas veces que no valía para estudiar, que no tenía cabeza para hacer una carrera universitaria. «No quiero desperdiciar mi dinero», era su frase favorita cuando hablaban del tema. Y, aparentemente, también se lo había dicho a su hermano.

–No tenía mucho tiempo para estudiar, pero no suspendí.

–Entonces, ¿por qué dejaste la carrera?

A su marido no le gustaba que se pasara las tardes estudiando... ni que saliera de casa, pero no quería contarle eso.

–Brett pensaba que mis estudios interferirían con nuestro matrimonio.

–¿Él te obligó a dejar la universidad? –exclamó Sawyer, atónito.

–Bueno... al final, yo misma tomé esa decisión –contestó Lynn. No quería arruinar la imagen que tenía de su hermano pequeño.

–Cuando nos casemos, podrás volver a la universidad. No tendrás que trabajar.

Ojalá pudiera aceptar esa oferta. Pero había pasado por eso una vez y no pensaba hacerlo nunca más. Cuando Brett empezó a trabajar para Sawyer, Lynn dejó su trabajo para ir a la universidad, como habían planeado. Pero a partir de entonces no sólo se había convertido en una prisionera en su propia casa, sino que Brett le exigía justificación de cada céntimo que gastaba. Que su hermano intentase hacer lo mismo la sacaba de sus casillas. Por mucho que deseara tener una educación universitaria, se negaba a repetir ese error.

–Prefiero trabajar.

–No es necesario.

–Para mí, lo es.

–Lynn...

–Nunca he querido vivir sin hacer nada. Empecé a trabajar a los quince años y quiero seguir haciéndolo hasta que nazca el niño. Después, me gustaría seguir trabajando a tiempo parcial. Si no me quieres aquí, buscaré otro sitio.

–Pensé que querrías quedarte en casa cuidando de tu hijo... o volver a la universidad. Puedes hacer las dos cosas, Lynn. Contrataremos a una niñera mientras tú vas a clase.

Lo que le proponía sonaba maravilloso... como la oferta de Brett cuatro años antes, pero Lynn ya no era tan tonta. Algunas lecciones no se olvidan nunca.

–Mira, Sawyer...

–Piénsalo. Tenemos tiempo de sobra –la interrumpió él–. Por cierto, nos casaremos el miércoles que viene a las tres de la tarde. Si quieres invitar a alguien...

Las mariposas que sentía en el estómago se convirtieron en un Boeing 747.

–No tengo a nadie excepto a mi tía... y no creo que quiera venir desde Florida.

–Muy bien. Ah, tu habitación ya está terminada. Puedes llevar tus cosas esta misma tarde.

Lynn tragó saliva.

–Esto es muy repentino, ¿no te parece?

–¿Por qué esperar? Toma, ésta es la llave de mi casa –dijo Sawyer, con una sonrisa en los labios.

Antes de que pudiera encontrar una razón para rechazar la llave, Opal abrió la puerta el despacho.

–Señora Riggan, el de la inmobiliaria está al teléfono.

–Pásame la llamada, por favor –dijo Sawyer–. La señora Riggan contestará desde aquí.

A Lynn le temblaban tanto las piernas que le costó trabajo levantarse. El sillón de Sawyer, al contrario que el de Brett, parecía viejo, muy usado. Era mucho más cómodo. Y olía a él.

¿Cómo iba a concentrarse en la llamada si estaba oliendo su colonia, recordando aquella noche en la escalera de su casa? ¿Y cómo era posible que pensar en Sawyer la excitase cuando su marido no lo había conseguido nunca?

La lucecita del teléfono parpadeaba, devolviéndola al presente. Nerviosa, levantó el auricular y escuchó al agente inmobiliario. Tenía una buena oferta por la casa y quería saber si estaba dispuesta a vender antes de final de mes.

Lynn sintió miedo. Debería decir que no, pero con sus problemas económicos y las deudas de Brett como una espada de Damocles sobre su cabeza, no tenía elección.

Y dijo que sí.

Después de colgar, enterró la cara entre las manos. Lo quisiera o no, se había comprometido a casarse con Sawyer y a vivir con él, en su casa.

«Por favor, que esto no sea otro error».

Capítulo Cinco

Sawyer llegaría enseguida y Lynn no estaba lista. Pero, claro, seguramente nunca estaría lista para volver a casarse. La idea la entristeció, ya que una gran familia era lo que siempre había deseado.

Dejó el cepillo sobre el lavabo y se llevó la mano al abdomen. Aquel niño sería su familia. No, no tendría una gran familia, pero sería suficiente. Tendría que serlo.

Quitándose la alianza que Brett le había regalado el día de su boda, la colgó de su cadenita de oro. Sería un talismán, un recordatorio de que aquello era sólo algo temporal, un matrimonio de conveniencia que duraría hasta que Sawyer comprara su parte de la empresa. El amor no tenía nada que ver.

Había pasado horas leyendo el diario de Brett la noche anterior, tomando notas e intentando buscar una solución para no tener que casarse con Sawyer. Brett hablaba mucho del dinero que ganaba, pero Lynn no encontró ni rastro de él en sus cuentas. Y cuando los comentarios insultantes sobre ella la pusieron enferma, tuvo que dejarlo.

¿Cómo podía no haberse dado cuenta de que su marido no la amaba? ¿Cómo se había dejado engañar de esa forma? ¿Y qué quería decir Brett con: «Mientras yo tenga lo que Sawyer más desea, estaré por encima de él y conseguiré lo que me corresponde»?

Tendría que volver a leer el diario. Algunos comentarios parecían escritos en clave.

Cuando sonó el timbre, Lynn se agarró al lavabo hasta que pasaron las náuseas y luego, lentamente, bajó la escalera.

Sawyer estaba guapísimo con un traje oscuro, camisa blanca y corbata de color gris. Llevaba una rosa blanca en la solapa, estaba recién afeitado y se había cortado el pelo. Cualquiera creería que era un novio enamorado.

–¿Dónde está el Mercedes? ¿De quién es el coche que está en el garaje?

Lynn tragó saliva.

–He cambiado el Mercedes por algo más práctico.

–Brett te regaló ese coche cuando cumpliste veintiún años –dijo él entonces, sorprendido.

–Sí, pero prefiero conducir algo que ya esté pagado.

Si no lo hubiera hecho, el banco se habría quedado con el Mercedes de todas formas. Había tenido suerte de encontrar un coche decente a cambio del descapotable.

–Pero te gustaba mucho ese coche...

Sí, le gustaba. El lujoso descapotable era todo lo que ella no era: divertido, caro, elegante y sexy. Pero no le apetecía ponerse a debatir sobre el asunto cuando tenía que preocuparse por una boda.

–Sólo es un coche y el que he comprado es mucho más práctico para poner una sillita de niño.

Sawyer asintió con la cabeza.

–¿Estás lista?

–Sí, supongo que sí.

–Lynn, no te preocupes. Todo saldrá bien, ya lo verás.

Ojalá pudiera creerlo.

–Vámonos.

Su corazón dio un vuelco cuando Sawyer detuvo el coche frente a la histórica iglesia de piedra de Chapel Hill. Ella había esperado una ceremonia civil...

El vestido de lino color melocotón se pegaba a su piel sudorosa y la chaqueta de encaje a juego parecía una manta. Nerviosa, Lynn tiró de la cadenita que llevaba al cuello.

No estaba segura de poder caminar hasta el portalón de madera, pero Sawyer la ayudó ofreciéndole su mano.

Le temblaban las rodillas y ni siquiera se fijó en que él abría la puerta de atrás y volvía a cerrarla. Estaba concentrada en la iglesia, en el futuro y en las razones para seguir adelante con aquella farsa: seguridad para su hijo, un techo sobre sus cabezas, dinero para volver a la universidad y empezar otra vez.

–Esto es para ti –dijo Sawyer entonces, ofreciéndole un ramo de rosas blancas mezcladas con hiedra.

Brett nunca le compraba flores... a menos que se sintiera culpable por algo. Pero en la mirada de su hermano no parecía haber oscuros secretos. Y el inesperado gesto la emocionó.

–No deberías...

–Como siempre has tenido rosas en el jardín, pensé que te gustarían.

–Me encantan. Son mis flores favoritas.

Dos vehículos se detuvieron entonces a su lado. De uno de ellos salió Opal y del otro, un hombre alto al que Lynn nunca había visto.

–Te presento a Carter Jones, mi compañero de universidad. Opal y Carter serán los testigos.

Lynn intentó decir algo agradable, pero no le salía nada.

–Hola –fue lo único que consiguió decir, estrechando la mano de Carter.

El hombre hizo un gesto con la cabeza. La frialdad de sus ojos grises la sorprendió.

–¿Nos vamos? –sonrió Sawyer.

Mientras caminaba, Lynn iba tocando el anillo colgado de la cadenita. Por su hijo, por ella misma, tenía que ser fuerte.

El interior de la iglesia era fresco y oscuro, en contraste con la cálida y luminosa tarde de junio. Lynn agradeció el cambio de temperatura, pero cuando vio al sacerdote esperando en el altar le entraron ganas de salir corriendo.

Un matrimonio sin amor había sido más que suficiente. Pero su primer matrimonio había empezado con amor... al menos, por su parte. Ahora ni siquiera tenía esa ilusión. Los dos sabían lo que querían, a nadie se le rompería el corazón.

Sawyer le presentó al sacerdote y los dos hombres discutieron las formalidades mientras ella esperaba.

–Está muy guapa –dijo Opal–. ¿Verdad, Sawyer?

Él la miró de arriba abajo, sonriendo.

–Guapísima.

–Gracias.

–¿Empezamos? –preguntó el sacerdote.

«¡No!», habría querido gritar Lynn.

–Sí.

–¿Tienen los anillos?

Al ver que Sawyer sacaba las alianzas de sus padres y las colocaba sobre la Biblia abierta, se quedó sin habla. Aquel matrimonio falso quedaría sellado con una herencia de los Riggan...

Pero todo era mentira.

La ceremonia fue muy breve. Sawyer le puso la alianza en el dedo, en el mismo sitio donde había estado la alianza de su hermano, mirándola a los ojos.

Pero cuando el sacerdote le pidió que besara a la novia, se le quedó la boca seca. No debería desearla, pero aquel día se parecía más a la mujer a la que había querido años atrás que a la mujer en la que se convirtió al casarse con Brett.

Con aquel sencillo vestido de lino y el pelo sobre los hombros, como una cascada de satén de color champán...

Ojalá hubiera seguido llevando esos vestidos ajustados. Esos vestidos le recordaban que era la mujer de Brett y así era más fácil resistir la tentación.

Pero al ver que tenía los ojos húmedos se le hizo un nudo en la garganta. Lynn seguía llorando por Brett y él prácticamente la había llevado a rastras hasta la iglesia... Pero si quería evitar que se llevara al niño a Florida, era lo único que podía hacer.

Sawyer inclinó la cabeza para rozar sus labios. El olor de su colonia lo envolvió y, en un instante, lo que debía haber sido un beso de puro compromiso se convirtió en una caricia apasionada. Que Lynn le devolvió con la misma pasión. Y Sawyer tuvo que hacer un esfuerzo sobrehumano para apartarse de ella.

¿Cómo podía besarlo así si seguía enamorada de Brett? ¿O estaría pensando en su hermano mientras lo besaba?

Poco después, firmaban el certificado de matrimonio. Lynn firmó a su lado, con el mismo apellido que usó después de casarse con Brett. Sawyer tuvo que apretar los dientes. Se había casado con la mujer de su hermano, convirtiéndose en un sustituto temporal. Después de tantos años pensando en Lynn como algo tabú, de repente era su esposa. Pero no se habían casado por amor y, como su apellido, eso no iba a cambiar nunca.

Fuera, mientras Opal se encargaba del ramo de flores, Sawyer acompañó a Carter hasta su coche. Durante toda la ceremonia había intuido la desaprobación de su amigo. Carter y Brett nunca se habían llevado bien y cuando lo llamó para pedirle que fuera testigo de su boda, Carter le dejó claro cuáles eran sus argumentos en contra. Y, dadas sus objeciones, que hubiera aceptado ser testigo en la ceremonia significaba mucho para él.

–Gracias –dijo Sawyer, ofreciéndole su mano.

–Espero que sepas dónde te has metido.

–Brett habría querido que cuidara de su mujer.

Carter hizo una mueca.

–Mira, ya sabes que te quiero como a un hermano, pero en lo que se refiere a Brett siempre has estado ciego. Ten cuidado con Lynn...

–Está embarazada –lo interrumpió Sawyer. Pero no le reveló la verdad, no se atrevía a hacerlo.

–Ah, claro. En fin, puedes contar conmigo... pase lo que pase.

Cuando volvió a la puerta de la iglesia, Sawyer de nuevo se sintió perplejo ante la idea de que Lynn fuera su esposa. Su esposa. Una esposa guapísima. Pero no podía tocarla.

–Bueno, nos vamos. Nos veremos en la oficina el próximo lunes, Opal. Ya sabes dónde llamarme si hay algo urgente.

Lynn lo miró, nerviosa. No le había dicho nada sobre una luna de miel...

–¿Por qué vamos a tomarnos el resto de la semana libre? –le preguntó, una vez en el coche.

–Porque así tendremos tiempo de llevar tus cosas a mi casa.

–Podrías habérmelo dicho.

Aunque la habitación ya estaba terminada, Lynn no había querido hacer la mudanza. Pero él la quería en su casa. Sawyer no podría explicar el repentino deseo de protección que experimentaba.

–¿No van a ir a buscar los muebles mañana?

–Sí, el vendedor me ha dicho que conseguirá un precio mejor si puede exhibirlos todos juntos en la nave.

–Muy bien.

–Pero tomarme una semana de vacaciones cuando acabo de empezar... ¿podríamos pasar un momento por la oficina? –preguntó Lynn.

–¿Para qué?

–Para llevarme algo de trabajo a casa.

Él la miró, sorprendido. Brett nunca había dicho que fuera vaga o estúpida, pero lo había dado a entender cuando decía que era una buena esposa siempre que se mantuviera en su sitio... la cocina o el dormitorio. Sawyer se movió, incómodo, al imaginarla en la cama de su hermano.

–No te preocupes por eso.

Brett faltaba al trabajo cuando quería, pero era un genio del marketing, de modo que Sawyer se lo perdonaba todo.

–He quedado con Carter y un par de amigos

en tu casa, dentro de una hora. Esta noche llevaremos tus cosas a la mía.

–Sí, seguro que a Carter eso le hace mucha gracia –murmuró Lynn.

–Dale tiempo. Ya se acostumbrará a la idea.

–¿Sabe que éste es un matrimonio temporal?

–No, y no pienso contárselo a nadie. Sólo es asunto nuestro.

Ella suspiró, cerrando los ojos. Parecía cansada.

–No te preocupes por nada más que por la salud del niño.

–Y por mis acciones en la empresa.

Sawyer apretó los dientes ante el recordatorio de que se había casado con él sólo por razones económicas.

–Sí, claro. Pero la empresa es problema mío.

–No tengo muchas cosas que llevar. Sólo voy a quedarme con los muebles de mi abuela, la ropa y las cosas que no he podido vender.

–Entonces esta noche dormirás en tu propia cama. Hay mucho sitio en el garaje, puedes dejar allí tus cosas.

La idea de que Lynn durmiera a unos metros de él lo inquietó. Unos minutos antes estaban en la iglesia, prometiendo amarse y respetarse durante el resto de sus vidas...

¿Esa mentira lo enviaría directamente al infierno o el infierno iban a ser los próximos doce meses?

* * *

Lynn estaba acostumbrada a las cenas formales, la clase de reuniones que prefería su marido. Pero los amigos de Sawyer charlaban y bebían de pie o sentados en los taburetes del bar, comiendo en platos de plástico. Ellos no esperaban que Lynn les sirviera, sólo esperaban que se sentara con ellos. Después de tantos años de soledad, le resultaba raro...

–Lynn, tienes que comer –la voz de Sawyer interrumpió sus pensamientos.

Se había puesto unos vaqueros gastados nada más llegar a casa y resultaba difícil apartar los ojos de él. La flexión de sus bíceps mientras sacaba sus cosas del coche le había recordado a aquella noche en la escalera...

Lynn apartó la mirada, nerviosa.

Brett había sido un seductor, pero no habría podido reunir un grupo de amigos que lo ayudasen a hacer una mudanza. Los amigos de Sawyer se prestaron de inmediato. Y sin pedir nada a cambio.

Todos le dieron la enhorabuena por la decoración de la habitación, pero no había sido ella quien eligió la pintura color mantequilla con el rodapié azul. Había sido Sawyer quien lo eligió para que hiciese juego con la colcha de su abuela.

¿Por qué era tan atento? Lynn no podía evitar sentir desconfianza. Brett siempre esperaba algo a cambio de un favor.

–¿Dónde está Maggie? –pregunto una de las chicas.

¿Maggie? ¿Salía Sawyer con una chica que se llamaba Maggie? Brett solía decir que su hermano tenía una novia diferente cada mes... Lynn sintió un escalofrío. ¿Su segundo marido también la engañaría? Él había dicho que no...

–Está en el lavadero. Como íbamos a tener las puertas abiertas...

¿En el lavadero?

–¿Quién es Maggie? –preguntó Lynn.

–La perra de mi vecino. Ha tenido que salir de viaje y me ha pedido que cuide de ella unos días. ¿Te importa si la dejo entrar en la cocina?

–No, no, me encantan los perros.

Llevaba años queriendo tener uno, pero los perros manchaban las inmaculadas alfombras blancas y ensuciaban los jardines, de modo que no pudo ser.

Unos segundos después, un perro de color rojo entraba en la cocina moviendo alegremente el rabo.

Una perra.

–Está preñada.

–Mucho. Y si Rick no vuelve pronto voy a ser padre en lugar de tío.

La similitud con su situación era evidente. ¿Sawyer sería padre o tío? ¿Quería que el niño fuera suyo?

–No has comido nada. ¿No te gusta la pizza?

La preocupación que vio en sus ojos casi le hizo albergar esperanzas. Quería creer en la imagen de felicidad que Sawyer pintaba... aunque sólo fuera temporal.

–Sí, me gusta –contestó Lynn.

Pero no se refería a la pizza, se refería a la situación. Años atrás, cuando imaginaba cómo sería la vida de casada, había imaginado exactamente eso: una casa grande llena de amigos, un perro. Esas fantasías no tenían nada que ver con el matrimonio. Con su primer matrimonio. Pero la alianza que llevaba en el dedo significaba un nuevo principio, uno que no había anticipado.

Aquella nueva relación la asustaba porque Sawyer le hacía sentir cosas que Brett nunca le hizo sentir... y eso le daba esperanzas. Y Lynn había aprendido que las esperanzas sólo llevan a la desilusión.

Mientras comía un poco de pizza y oía las risas de los amigos de Sawyer, casi podía imaginar cómo serían las risas de un niño en aquella casa de techos altos y suelos de madera.

Era un poco raro que, a excepción de Carter, que seguía mirándola con desconfianza, los amigos de Sawyer la hubiesen aceptado sin hacer preguntas a pesar de que, menos de un mes antes, estaba casada con su hermano. Pero por primera vez en muchos años, Lynn se sentía casi feliz y debía agradecérselo a Sawyer.

En ese momento, él soltó una carcajada y el sonido le hizo sentir un cosquilleo. Y otro, más profundo, cuando la rozó con la pierna.

Así era como debía ser un matrimonio.

Una pena que no fuese de verdad.

* * *

Sola en su noche de boda.

La puerta se cerró tras el último invitado y un silencio ensordecedor descendió sobre la casa. Lynn carraspeó, incómoda. Había llegado el momento de descubrir si la amabilidad de Sawyer tenía un precio.

–Tus amigos son muy simpáticos.

–Sí. Les has caído muy bien, pero...

–¿Pero qué?

–Te has pasado un poco.

¿Significaba eso que se había reído muy alto? ¿Que había hablado demasiado? Lynn estudió su imagen en el espejo del pasillo. Los pantalones vaqueros y la blusa rosa que se había puesto después de la boda estaban arrugados, pero no era culpa suya.

Sawyer se acercó sin decir nada y Lynn lo vio reflejado en el espejo, a su lado.

–No debería haberte dejado que trabajases tanto. Debes de estar cansada.

Ella lo miró, sorprendida. ¿Estaba preocupado?

–Lo dirás de broma. Cada vez que intentaba mover algo más pesado que un vaso, uno de tus amigos me lo quitaba de las manos... –entonces se dio cuenta de algo–. Lo saben, ¿verdad?

–Sí.

–¿Qué les has contado?

–Que estás embarazada.

Lynn se llevó una mano al corazón.

–¿Y qué habrán pensado de mí? O que engañaba a mi marido o que me he quedado embarazada a propósito...

–Mis amigos no hacen juicios sobre los demás. Y si los hicieran, me daría igual. Yo seré el padre de ese niño. Estaré a su lado cuando nazca, lo llevaré al fútbol, lo ayudaré con los deberes... Si Dios quiere, estaré con él el día de su graduación y el día de su boda.

Lynn lo miró, incrédula. Debería sentirse alarmada por aquel tono tan posesivo y, sin embargo, eso era exactamente lo que ella habría querido tener. Sus padres no estuvieron el día de su graduación, ni el día de su boda. Ni sus padres ni los de Sawyer estarían ahí para cuidar de su nieto... Lynn parpadeó furiosamente para controlar las lágrimas. Las lágrimas eran un signo de debilidad y cada vez que lloraba, Brett se tiraba a su yugular.

–No llores, por favor –murmuró Sawyer, abrazándola–. Lo siento, no quería hacerte llorar.

Ella levantó la cabeza. Estaban tan cerca... casi deseaba ponerse de puntillas y besarlo como lo había besado aquella noche...

Afortunadamente, Maggie se colocó entre ellos, ladrando para que la sacaran a la calle. Sorprendida de sí misma, y agradecida por la intervención de la perrita, Lynn dio un paso atrás. Besar a Sawyer habría sido un error monumental. Perder el control siempre tenía consecuencias.

Sawyer tomó la correa del perchero, suspirando. Lynn no dijo nada. ¿Estaría enfadado? ¿Habría intentado ser amable con ella para llevarla a la cama? Eso era lo que hacía Brett. ¿No había aprendido que los hombres eran capaces de separar el sexo y el amor?

La diferencia era que Sawyer despertaba emociones en ella. La hacía sentirse deseada, apreciada, algo que su hermano no hizo nunca. Y quería volver a hacer el amor con él, pero no iba a hacerlo porque sería demasiado fácil enamorarse. Y eso sería un terrible error. Eran compañeros, amigos, nada más.

–Lynn, ésta es tu casa ahora, ponte cómoda. Yo voy a dar un paseo con Maggie.

–Muy bien.

¿Que quería de ella? Tenía que querer algo. Además del niño, no sabía qué podía ganar Sawyer con aquella relación.

Pero antes de que pudiera descubrirlo, el cansancio del día pudo con ella. Lynn subió pesadamente la escalera hasta su habitación. Sola en su noche de boda.

Un matrimonio temporal, sin amor, era exactamente lo que quería. Entonces, ¿por qué se sentía tan vacía, tan sola?

Capítulo Seis

A Sawyer se le escapó la taza de las manos y se estrelló contra el suelo. La pobre Maggie se metió bajo la mesa de la cocina, asustada. ¿Tener a Lynn en su casa lo había convertido en un manazas?

Además de su madre y la perra, él nunca había vivido con una mujer. Ni siquiera con su antigua novia, afortunadamente, porque Pam rompió el compromiso en cuanto le dijo que iba a pedir la custodia de su hermano pequeño.

Sawyer tomó la escoba y empezó a barrer los restos de la taza. Enseguida oyó pasos en la escalera. Había despertado a Lynn sin querer...

Al verla, se quedó sin aliento. Despeinada y con aquel camisón que dejaba sus piernas al descubierto estaba muy sexy. Muy, muy sexy.

Ella se apartó el flequillo con una mano, mientras con la otra intentaba abrocharse la bata.

—Perdona, me he dormido... Si me das unos minutos, te haré el desayuno. ¿Qué quieres desayunar?

Sawyer arrugó el ceño.

—No espero que me hagas el desayuno, Lynn.

—¿No?

–Sé hacérmelo yo mismo.

Llevaba sólo un pantalón de chándal y, al mirarla a los ojos, su sangre se encendió como si ella lo hubiera acariciado con las manos. Su cuerpo se puso en alerta y eso era algo que un pantalón de chándal no podía esconder.

Lynn se puso colorada.

–He oído un golpe.

–Se me ha caído una taza. Lo siento, no quería despertarte –dijo Sawyer, aclarándose la garganta. Era increíble, pero su cuerpo reaccionaba como una brújula mirando hacia el Polo Norte cada vez que ella estaba cerca.

–Debería haberme levantando un poco antes. ¿Te has cortado?

–No, qué va. Además, no tenías que levantarte temprano, hoy no vamos a trabajar. ¿Por qué no te das un baño en la piscina hasta que llegue el de los muebles?

–¿Eso es lo que vas a hacer tú? –preguntó Lynn, sorprendida. Cuando levantó una mano para apartarse el flequillo de la cara, la bata se abrió un poco...

Sawyer apartó la mirada. No podía tragar, no podía respirar. Apretando los dientes, tiró de la bata para evitar tentaciones.

–Esta mañana voy a pintar el rodapié del comedor.

–¿Quieres que te ayude?

Un par de manos más harían que el trabajo fuese más rápido... pero sólo si podía concentrarse en el trabajo.

–Si te apetece... La pintura no es tóxica y la habitación está bien ventilada. Si puedes soportar el olor, me vendría muy bien tu ayuda.

–De acuerdo.

–Esta casa es muy grande y estoy tardando más de lo que pensaba en arreglarla.

–Cuenta conmigo. Si voy a vivir aquí, lo menos que puedo hacer es echarte una mano. Pero, por el momento, has hecho un trabajo estupendo.

–Gracias. ¿Quieres desayunar?

–Debería vestirme y pintarme un poco para estar presentable. Sólo he bajado porque pensé que te habías hecho daño.

Tendría que acostumbrarse a que alguien se preocupara por él, pensó Sawyer. Además de Opal, nadie lo había hecho en muchos años. Pero... ¿vestirse y pintarse para estar presentable? ¿Por qué tenía que hacer eso?

–Lynn, ésta es tu casa, no un hotel. No tienes que pintarte antes de salir de tu habitación. Y puedes ir todo el día en pijama si te apetece.

Aunque esperaba que no lo hiciera, porque entonces no podría dejar de mirarla.

–Come algo antes de que empiecen las náuseas. ¿Quieres una tostada? Acabo de hacerlas.

Maggie se acercó y empezó a tocar su mano con el hocico. Riendo, Lynn se inclinó para acariciar a la perrita y, cuando se le abrió la bata, Sawyer estuvo a punto de desmayarse. Prácticamente podía sentir su piel, como si la estuviera tocando. Iba a tener que darse prisa en conseguir el dinero, pensó.

–Bueno, una tostada. Pero voy a echar de menos el café.

–Puedes tomar descafeinado, ¿no?

–No debería tomar nada de cafeína, no me sienta bien.

En realidad, estaba tan pálida que le daba pena. Todas las mujeres embarazadas tenían náuseas, pero no quería que Lynn se encontrase mal. De hecho, haría todo lo posible para que no se encontrase mal.

–En la nevera hay zumo de naranja y leche.

–Gracias.

Sawyer se dio la vuelta. El dolor por la muerte de su hermano se mezclaba con los celos. Brett había podido desayunar con Lynn durante cuatro años. Cuatro años viéndola recién levantada de la cama... ¿O habría salido de su habitación perfectamente vestida y maquillada? Y si era así, ¿por qué? Lynn no era la clase de mujer que estaba todo el día mirándose al espejo.

–Si no quieres mermelada de fresa, también tengo de melocotón. Y cereales, si te gustan.

–No, gracias. Sólo una tostada –dijo ella, abriendo la nevera–. Eres muy goloso, ¿no? Aquí hay una colección de mermeladas.

–Sí, por eso tengo que ir al gimnasio.

Lynn soltó una carcajada y el sonido lo dejó perplejo. No la había visto reír en mucho tiempo y le recordaba a la chica que conoció cinco años antes, a la que acompañaba a casa, robándole besos entre las sombras.

–Ah, parece que no soy el único goloso –rió Sawyer, al verla probar la mermelada de melocotón.

Lynn se había manchado la comisura de los labios y el deseo de quitarle la mermelada con la lengua era tan fuerte que tuvo que agarrarse a la silla.

Sawyer se movió para aliviar la presión que sentía entre las piernas, rezando para poder olvidar la atracción que sentía por ella. Había tenido su oportunidad con Lynn años antes, pero ella había elegido no contestar a su carta y casarse con su hermano.

Sin embargo, la deseaba como no había deseado a nadie.

–Un momento –dijo Sawyer–. No puedes pintar con eso.

Ella parpadeó, sorprendida. Brett había insistido en que siempre estuviera presentable, incluso cuando limpiaba la casa o estaba haciendo ejercicio. Y aquel chándal rosa era lo más deportivo que tenía.

–No tengo otro...

–Yo te prestaré algo.

Sawyer volvió un minuto después con una camiseta gris y un pantalón corto.

–Esto está mucho mejor. Puedes ensuciarlo todo lo que quieras.

Diez minutos después, Lynn debió admitir que ponerse la ropa de Sawyer había sido un error. La tela de la camiseta, por alguna razón, la hacía sentirse más sensible que nunca. Era una reacción absurda. Sí, se sentía atraía por él como cinco años antes, pero entonces no habían llegado a nada y no llegarían nunca. Su relación era temporal y nada más.

Arrodillada en el suelo, desató su furia con el trapo, extendiendo la capa de barniz que Sawyer acababa de aplicar como si le fuera la vida en ello.

–Tranquila, tranquila –sonrió él–. Sólo tienes que quitar el exceso de barniz, no matarlo. Mira, tienes que hacerlo así...

Estaba detrás de ella, muy cerca. Sujetaba su brazo con una mano y la fricción de sus pectorales hacía que no pudiera concentrarse.

–Perdona, es que no lo he hecho nunca.

–No pasa nada, tranquila.

De nuevo, la sorprendió. Brett le habría echado una bronca... aunque a él no lo habría pillado nunca haciendo un trabajo manual. Brett pagaba a otros para hacer el trabajo sucio.

Sawyer, empezaba a descubrir, no tenía mucho en común con su hermano pequeño. Él no humillaba a nadie y su generosidad no esperaba recompensas. Cuidaba de la perrita de su vecino, la estaba ayudando a ella... Sí, Sawyer Riggan era una buena persona.

Lynn tocó el anillo que colgaba de su cadenita de oro. No debía pensar esas cosas. La última vez que confió en un hombre se equivocó por completo.

–¿Por qué reformas una vieja casa cuando podrías comprar una nueva?

–Este barrio me recuerda al barrio en el que vivía cuando era pequeño. Además, me gustan las casas viejas. No sé, tienen historia.

–Y personalidad –dijo Lynn.

–Eso es.

–A mí también me gustan las casas viejas, con árboles grandes, si es posible.

–Te gustan las plantas, ¿verdad?

–Mucho –contestó Lynn–. Pero si a ti no te gustan mis plantas, puedo tirarlas.

Sawyer la miró, sorprendido.

–¿Por qué no van a gustarme? Me encantan. Y como se te dan tan bien, podrías encargarte del jardín.

–¿No tienes jardinero?

–No. ¿Para qué quiero un jardín si no puedo cuidarlo yo mismo?

–Sí, es verdad.

Brett había contratado un servicio de jardinería y no le permitía cortar las rosas porque decía que quedaban mejor fuera.

–¿Por qué Brett y tú comprasteis una casa nueva si te gustan las antiguas?

–A él le gustaban las cosas nuevas.

–¿Y tú?

–El dinero era suyo, así que eligió él.

Sawyer dejó la brocha a un lado.

–Yo no soy así. Si vives aquí, aunque sólo sea temporalmente, puedes darme tu opinión sobre lo que quieras.

—¿En serio?

—Claro que sí. Cuando digo algo, lo digo de verdad.

—Ya, bueno... pero como no voy a estar aquí mucho tiempo...

—Te has manchado la nariz de pintura —Sawyer se levantó la camiseta para limpiarla y, al hacerlo, Lynn se fijó en su estómago plano, sus pectorales marcados...

Y tuvo que tragar saliva. Pero él no se apartó. Sus ojos azul cobalto se clavaron en los suyos, dejándola paralizada.

Quería que la besara, que la envolviera en sus brazos y la hiciera sentirse una mujer deseada. Sólo Sawyer podía hacer eso.

Temblando, Lynn cerró los ojos y sintió los labios del hombre rozando los suyos. Suavemente, Sawyer tiró de su coleta hacia atrás para devorar su boca.

Quería que la tumbase en el suelo y le hiciera el amor allí mismo, sobre la tela que ocultaba el suelo de madera. Eso la sorprendió. No podía perder el control, ella no perdía el control. El pánico la dejó sin aire.

¿No iban a ser compañeros, amigos?

Sawyer la soltó al notar que se ponía tensa. Estaba tenso también, nervioso, y respiraba con dificultad.

—Si queremos terminar esto antes de comer, será mejor que nos demos prisa —dijo con voz ronca.

Lynn sintió un escalofrío, pero estuvo a

punto de soltar una carcajada. La había besado como un loco para luego volver a trabajar como si no hubiera pasado nada.

Sawyer la deseaba y, que el cielo la ayudase, ella también. Nunca había sido la clase de mujer que disfrutaba del sexo... excepto aquella noche en el vestíbulo. Brett había sido su único amante... una pesadilla, en realidad. Además, si hiciera el amor con Sawyer otra vez, seguramente se quedaría helada como le pasaba siempre y la experiencia sería una decepción para los dos.

Era joven e ingenua cuando se casó con Brett, pero había aprendido y no volvería a cometer el mismo error.

Vivir con Lynn iba a ser más difícil de lo que esperaba. Sawyer dejó la brocha sobre la mesa del jardín, deseando tirarse a la piscina para borrar el olor a pintura de su cuerpo. El agua fría le sentaría bien.

Ese beso... El deseo lo había golpeado como si fuera un rayo. ¿Se acostumbraría a tenerla allí?

No tenía derecho a tocarla y lo sabía. Entonces, ¿por qué no podía dejar de recordar la dulzura de sus labios, la suavidad de su piel? Desde que había cruzado la línea, no podía quitársela de la cabeza.

Lynn salió al porche envuelta en una enorme toalla, que dejó caer sobre una hamaca. Sawyer tragó saliva. El sudor que cubría su frente no tenía nada que ver con el calor y sí con la mujer que tenía delante.

El biquini amarillo apenas cubría sus pechos y la braguita, alta de cadera, moldeaba su trasero como las manos de un amante. Tenía los músculos firmes y bien formados, las piernas largas, el estómago plano... El deseo de que allí dentro estuviera su hijo lo sorprendió, pero sería un padre para el niño lo fuese de verdad o no.

No podía apartar la mirada de ella mientras se tiraba de cabeza a la piscina y empezaba a hacer largos. Maggie también estaba tumbada al borde, aparentemente tan fascinada como él.

¿Le gustaría a Lynn estar embarazada? Sus amigas habían disfrutado de los embarazos, compartiendo sus problemas con él: tobillos hinchados, vejigas sueltas, deseo sexual exacerbado.

«Como que necesitas pensar en eso ahora».

Muchas de ellas le habían puesto la mano sobre su abdomen, para que notase las pataditas del niño.

¿A Lynn le gustaría sentir las pataditas de su hijo? Como existía una posibilidad de que el niño fuera suyo, ¿le daba eso algún derecho? Sawyer quería vivir el embarazo con ella, el parto y todo lo demás. ¿Aceptaría Lynn?

Cansado, dejó escapar un suspiro. Su hijo no tendría la familia que había soñado siempre. Aunque para Brett y para él fue desolador perder a sus padres, no podía lamentar los años que habían compartido, ni los recuerdos. A menos que Lynn y él tomaran una decisión, su hijo, si lo era, no tendría hermanos.

Lynn. Su Lynn...

La había deseado desde el día que la conoció, pero levantar la empresa requería todo su tiempo. Antes de irse a California para atender a su primer cliente importante, le había escrito una carta diciendo que cuando volviera quería hablar con ella. Le había dado la carta a Brett, pero evidentemente Lynn no estaba interesada en esperarlo porque cuando volvió a casa dos meses después, la encontró casada con su hermano.

Sawyer seguía recordando el dolor que sintió cuando Brett levantó la mano de su flamante esposa para mostrarle la alianza. Sus planes para el futuro se habían derrumbado en ese momento y tuvo que hacer todo lo posible para disimular. Había salido con muchas mujeres durante esos cuatro años, pero ni siquiera recordaba sus nombres. Controlar su deseo por la esposa de su hermano se hizo más fácil cuando se convirtió en la clase de mujer–florero que él solía evitar, pero ahora, con la antigua Lynn a su lado, estaba metido en un buen lío. Las mujeres con la cara lavada y una sonrisa fácil eran su debilidad.

Sawyer tomó la manguera y se echó un chorro de agua helada. Eso o arder por combustión espontánea, pensó.

–¿No vas a bañarte? –le preguntó Lynn, desde la piscina.

–Tengo que limpiar el garaje.

Lynn salió de la piscina de un salto, asustando a Maggie, que se metió bajo una hamaca.

–Aún no he decidido dónde voy a poner las cosas.

Se envolvió en una toalla, pero no antes de que Sawyer viera la marca de sus pezones bajo el biquini. No llevaba maquillaje y el pelo empapado caía por su espalda... ¿Había estado más guapa alguna vez? No lo creía.

Parecía tan joven, tan inocente como la chica que había conocido cinco años antes.

–Sigue nadando. Yo colocaré las cajas.

–Sawyer, hay cosas personales en esas cajas. Prefiero hacerlo yo misma.

Gotas de agua caían por su escote, perdiéndose debajo de la toalla. El pulso de Sawyer se aceleró.

–No deberías levantar cosas pesadas. Dime dónde quieres que ponga las cajas y...

–Estoy embarazada, no enferma.

–Hasta que vayas al médico y él te diga lo que debes hacer, es mejor que no te arriesgues, Lynn.

–Sawyer...

–Esto no es negociable.

–Muy bien, de acuerdo. Deja las cajas en la habitación del niño. Yo lo colocaré todo más tarde.

–De acuerdo.

—Sawyer, quiero que sepas una cosa: yo no haría nada que perjudicara a este niño. Las cosas no han salido como esperaba, pero me hace mucha ilusión tener alguien a quien amar, a quien cuidar.

A Sawyer se le hizo un nudo en la garganta.

No estaba hablando de él.

Capítulo Siete

Le pareció apropiado ocultar sus más oscuros secretos a medianoche. Lynn, que estaba sentada en una de las cajas que Sawyer había colocado en la salita, apretó el diario de Brett contra su pecho y entró en su habitación.

Ese diario la hacía sentirse enferma, pero hasta que no hubiese logrado descifrar las extrañas notas en clave no podía librarse de él. Si tenía dinero guardado en algún sitio, debía encontrarlo para pagar las deudas.

Ojalá pudiera pedirle ayuda a Sawyer para descifrarlo... pero no podía hacerlo porque entonces revelaría todos sus defectos. La cama de bronce crujió al sentarse sobre ella. Llevaba una hora intentando descifrar el diario y estaba nerviosa.

No podía dormir. Un vaso de leche la ayudaría, pensó. Abriendo la puerta con cuidado de no hacer ruido, Lynn bajó a la cocina de puntillas. Mientras la leche se calentaba en el microondas, fue a echarle un vistazo a Maggie. La perrita estaba durmiendo en el lavadero, sobre un montón de mantas viejas. Todo estaba bien.

Al tomar el primer sorbo de leche, hizo un

gesto de asco. No le gustaba nada, pero era bueno para ella y para su hijo.

Entonces vio luz por debajo de la puerta del estudio. Sawyer, con un pantalón corto y un polo oscuro, estaba sentado en el sofá, leyendo un libro. Había un vaso con un líquido ámbar sobre la mesa y varios libros grandes. ¿Álbumes de fotos? Sawyer levantó la cabeza antes de que Lynn hubiera podido apartarse.

–Hola.

–Hola –intentó sonreír ella.

–¿No podías dormir?

–He bajado para tomar un vaso de leche. Esta tarde me he echado la siesta y ahora no puedo dormir.

Eso era sólo parte de la historia. Ver al hombre de los muebles llevarse sus cosas por la tarde no había sido fácil. Fue, más bien, como el último clavo en el ataúd de sus sueños. Cuatro años perdidos. El contenido de las cajas que había en su habitación era lo único que le quedaba; representaba toda su vida, todas sus posesiones. No mucho para una mujer de veintitrés años.

«Vete a la cama», le decía una vocecita.

Sawyer miró el álbum que tenía sobre las piernas.

–Brett murió hace un mes.

–Sí, lo sé.

–Ésta es una foto suya, en la guardería.

Lynn habría deseado escapar, pero sabía que él estaba sufriendo. Sawyer quería recordar a su hermano tanto como ella quería olvidarlo. Pero hablando con su hermano quizá podría entender por qué se había enamorado de él, por qué había dejado que la engañase. Y quizá así no volvería a cometer el mismo error.

Lynn miro la fotografía. Incluso de pequeño sus ojos brillaban, traviesos, llenos de promesas de diversión y alegría... que no había cumplido una vez casados.

–Ésta es la foto de su primer día de colegio –seguía diciendo Sawyer.

Brett parecía contento, con su sonrisa, su pelo rubio. A su lado, Sawyer parecía el hermano protector, con su expresión seria y su pelo bien peinado. ¿A quién se parecería su hijo?, se preguntó. La vergüenza de no saber quién era el padre hizo que se pusiera colorada. Sawyer podría creerla una mujer promiscua, pero nada más lejos de la verdad.

–¿Cuántos años os llevabais?

–Siete. Nos llevamos... nos llevábamos siete años –Sawyer pasó la página, sin dejar de contarle cosas. Terminaron el álbum y tomó otro. Pasó una hora.

El cariño que sentía por su hermano era evidente, pero el hombre al que describía no era con el que Lynn se había casado. Brett tenía un lado oscuro que escondía de todo el mundo, sobre todo de Sawyer. Y ella no pensaba contárselo porque no quería destrozar su recuerdo. La familia era lo más importante del mundo para él.

El Brett que describía era el hombre del que

Lynn se había enamorado y se sentía menos ingenua al saber que no era la única persona a la que había engañado. Se había enamorado de un hombre que prometió hacerla feliz, formar una familia. Pero era una fantasía. Después de la boda, todo cambió. Al principio lo disculpaba creyendo que era la presión de su último año de carrera, luego por su trabajo... Pensaba que el problema era ella, que lo había decepcionado.

Las fotografías mostraban una familia ideal. El cariño de los Riggan le hizo desear una familia de verdad, una con varios hijos, pero nunca los tendría si mantenía aquel matrimonio de conveniencia con Sawyer. Su hijo estaría solo, hijo único como ella. ¿Podrían seguir siendo amigos después del divorcio? ¿Podría tener una familia sin que el amor lo complicara todo?

—Te envidio —le confesó entonces.

—¿A mí? ¿Por qué?

—Porque tienes esto —dijo Lynn, tocando el álbum—. Cuando mi madre murió, mi padre se quedó tan destrozado que cambió por completo. Sólo tuve a mi madre durante once años y los recuerdos casi han desaparecido. Tú tuviste veintidós años con tus padres y, al perderlos, te quedó tu hermano.

—¿Qué recuerdas de tu madre?

—Cuando cierro los ojos, sigo viendo su sonrisa. Era una mujer feliz y siempre estaba cantando. Mi padre llegaba a casa cansado de trabajar y ella siempre conseguía hacerlo sonreír. Cuando murió, yo intenté hacer lo mismo, pero no pude.

Nunca antes había admitido aquel fracaso y hacerlo en voz alta la llenó de emoción. No sabía por qué lo había hecho. Quizá porque era muy tarde, quizá porque Sawyer estaba compartiendo con ella sus recuerdos.

Él tomó su mano entonces, pensativo.

–¿Qué recuerdas tú de tu madre? –preguntó Lynn.

–Preguntas. Siempre estaba haciendo preguntas. Era profesora de universidad y siempre intentaba ver más allá de las cosas. Tenía que saber el porqué de todo.

–Eso explica que te convirtieras en un experto en informática.

–El deseo de saber cómo funcionan las cosas sólo es una parte de lo que heredé de ella –sonrió Sawyer–. Ya conoces a Carter y sabes que fuimos compañeros de universidad... Lo que no sabes es que Carter es como otro hermano para mí. Hicimos juntos la carrera y luego pensábamos alistarnos en los Marines para que el ejército nos convirtiera en genios de la informática. Nos veíamos como agentes secretos.

–No sabía que hubieras estado en el ejército.

–Porque no he estado. Mis padres murieron el día después de mi graduación. Carter y yo debíamos alistarnos a la semana siguiente, pero no pudo ser porque yo tenía que cuidar de Brett.

–No creo que te lo haya tenido en cuenta.

–Le prometí que estaríamos juntos y no me gusta romper mis promesas. Su empresa debería haber sido nuestra empresa... Los dos hemos cumplido nuestro sueño, pero por separado.

–No podías marcharte dejándolo solo –suspiró Lynn–. Tú eras todo lo que le quedaba.

–Mi prometida no estaba de acuerdo. Cuando le dije que iba a pedir la custodia de mi hermano, desapareció de mi vida.

–Ah, no lo sabía.

Sawyer se encogió de hombros.

–Si me hubiera querido, se habría quedado. El amor no muere cuando las cosas se ponen difíciles.

–No, no debería ser así.

–Nuestro hijo tendrá un padre y una madre y nos encargaremos de que tenga una infancia maravillosa.

–Pero no será lo mismo cuando tengamos que dividir las vacaciones, repartir sus cosas en dos casas diferentes...

–No, es verdad –murmuró él, mirándola con un anhelo que Lynn no entendió–. Aunque yo no sé mucho de niños.

–Yo tampoco.

–Tendremos que aprender juntos...

Entonces oyeron un aullido de dolor.

–¡Es Maggie! –gritó Lynn, corriendo hacia el lavadero. Sawyer la siguió de cerca–. Está a punto de parir...

Cuando salió el primer cachorro, la perra empezó a lamerlo. Sawyer emitió una especie de gemido.

–¿Te encuentras bien?

–Sí, sí... es que yo no sé nada de esto... ¿y tú?

–No. ¿Crees que deberíamos ayudarla?

En otras circunstancias, Lynn se habría reído de su expresión horrorizada.

–No tengo ni idea. Voy a llamar al veterinario.

–Son las dos de la mañana, la clínica estará cerrada.

–Dejaré un mensaje en el contestador... ¿Por qué no miras en Internet? Seguro que allí encontrarás instrucciones de algún tipo –dijo Sawyer, nervioso.

–¿No debería quedarme con Maggie? –preguntó Lynn.

–Será mejor informarse antes de meter la pata. Yo voy a llamar a la clínica, tú busca algo sobre partos o sobre cachorros...

Lynn corrió al estudio y buscó en Google. Sawyer llegó enseguida, nervioso.

–Le he dejado un mensaje al veterinario. ¿Has encontrado algo?

–Sí, mira, he encontrado un artículo...

Otro aullido de Maggie los dejó helados a los dos.

–Pobrecita...

Dos horas después, Sawyer y Lynn estaban en el lavadero viendo al quinto cachorro venir al mundo. Al contrario que con los otro cuatro, la perra no quiso lamerlo.

–Venga, Maggie... es tu cachorro. ¿Qué hacemos, Sawyer?

–No tengo ni idea.

Por instinto, Lynn tomó al animalillo abandonado y lo colocó sobre las patas de Maggie, pero la perra apartó la cabeza.

–Vuelve al ordenador y busca algo sobre cachorros rechazados por sus madres.

–¿Tú crees que lo rechaza?

–Está claro.

El pobre animal estaba llorando y a Sawyer se le encogió el corazón.

En ese momento sonó el teléfono. Debía de ser el veterinario.

–Menos mal –suspiró Lynn, corriendo a la cocina. Le contó lo que pasaba y volvió al lavadero para darle la información a Sawyer, que envolvió al cachorro en una manta para que entrase en calor. La expresión de Lynn lo hacía sentirse como un héroe. Y, absurdamente, quería salvar al cachorro para ella.

–Voy a comprar leche en polvo –dijo, acariciando al pobre huérfano.

–Yo me quedaré con él –murmuró Lynn–. No puedo creer que Maggie no lo quiera.

Sawyer se encogió de hombros.

–Esas cosas pasan. Con cachorros, con niños... Brett era adoptado. Su madre decidió que no podía con él y lo dejó en la puerta de una iglesia cuando tenía dos años.

Ella lo miró, incrédula.

–Yo no sabía nada de eso... Brett nunca me lo contó.

–Espero que no recordase nada de ese tiempo. Tenía casi tres años cuando vino a vivir con nosotros.

–Pero nunca se me ocurrió pensar...

–Yo habría hecho lo que fuera por mi hermano –la interrumpió Sawyer, pensativo–. Adoptar a Brett hizo a mi madre feliz. Había tenido varios abortos y ya no podía tener más hijos... Bueno, me voy. Mantenlo calentito, volveré enseguida.

Cuando desapareció, Lynn se quedó apretando al cachorrillo contra su corazón. Brett había sido un niño abandonado. ¿Sería por eso por lo que nunca la había abrazado, por lo que nunca la había querido?

Un golpe despertó a Lynn. Intentó enterrar la cabeza bajo la almohada, pero no había almohada. Ni estaba durmiendo en su cama.

–¿Nos vamos a la habitación? –la voz de Sawyer consiguió despertarla del todo.

Estaba durmiendo en el sofá del estudio, encima de él, con el cachorro sobre su pecho. Sólo la luz del vestíbulo penetraba la oscuridad.

–Lo siento, no quería aplastarte –murmuró. Lo último que recordaba era a Sawyer dándole una bolsa de agua caliente para colocar al cachorro sobre ella.

–No pasa nada. ¿Nos vamos a la cama?

–El veterinario dijo que las primeras veinticuatro horas eran cruciales. ¿Qué hora es?

–Las seis de la mañana. Lynn, estás agotada, vete a la cama. Yo me encargaré del huerfanito.

Sawyer no sabía nada sobre partos ni sobre

cachorros, pero se había hecho el fuerte. ¿Haría lo mismo con su hijo?

Su hijo. El corazón de Lynn se aceleró. Hasta aquella noche, consideraba que el niño era sólo suyo. Sí, había pensado tener cerca a Sawyer como figura paterna, pero no lo veía como padre de su hijo. Sin embargo, era tan amable, tan bueno... ¿Podría formar una familia con él? ¿Podría tener la familia que Sawyer había tenido de pequeño?

—Es adorable —murmuró Lynn, acariciando al animalillo.

—Sí, y muy fuerte. Está saliendo adelante a pesar de las circunstancias —dijo Sawyer, orgulloso.

—Ursus, deberíamos llamarlo Ursus.

Él soltó una carcajada.

—Ha salido adelante gracias a ti —murmuró, dándole un beso en la mejilla. Al inclinarse, rozó sus pechos con el brazo. Lynn sintió el contacto hasta lo más profundo de su ser.

Sus miradas se encontraron entonces y el calor de sus ojos hizo que sintiera un cosquilleo entre las piernas. Quería que la besara, quería que la hiciera sentirse como sólo él podía hacerla sentirse: deseable.

—Lynn, dime que tú también quieres esto —dijo Sawyer con voz ronca.

Lynn no podía hablar, pero tampoco podía negarse aquello a sí misma. Sin decir nada, levantó la cara y, con un gemido ronco, él enterró los dedos en su pelo. La besaba con la boca abierta, ansioso, mareándola de deseo. Mordisqueaba sus labios, su lengua, retándola a devolverle esa misma pasión.

Con la mano libre, Sawyer la tumbó sobre el sofá. Sus piernas se enredaron, su miembro erguido, duro, y caliente, la buscaba, como si tuviera vida propia. Los besos se intensificaban hasta que casi no podían respirar.

Sawyer metió la mano por debajo del camisón para acariciar uno de sus pechos, jugando con el pezón hasta que Lynn creyó que iba a explotar. Se apartó para buscar aire, pero volvió enseguida a apretarse contra él, impaciente.

Sawyer metió una mano bajo sus braguitas y la encontró húmeda. El placer era increíble, insoportable. Lynn se mordió los labios, intentando contener los gemidos, pero cuando metió los dedos dentro de ella, no pudo seguir callada. Con los dedos mojados, Sawyer hacía círculos, acariciando su parte más sensible, y ella se arqueaba, pidiendo más. Sus sabias caricias la hicieron gritar de placer.

Había temido que su apasionada respuesta la primera vez tuviese algo que ver con su estado emocional tras la muerte de Brett, pero aquella noche no era así.

Sawyer siguió acariciándola, besándola, hasta que tiró del camisón para quitárselo. Incluso en la penumbra del estudio, Lynn se sintió tímida e intentó taparse con las manos.

–Eres preciosa –dijo él con voz ronca.

Casi lo creyó. Casi. Pero Brett había estado años diciéndole que sus pechos no eran suficientemente grandes como para excitar a un hombre.

–Mírame –dijo Sawyer entonces. Temiendo ver desilusión en sus ojos, Lynn tardó un momento en hacerlo. Sin embargo, él parecía querer comérsela con los ojos–. Esta vez, no habrá remordimientos.

Sorprendida, Lynn parpadeó. El deseo que dilataba sus pupilas era evidente. Estaba temblando, a punto de perder el control. Por ella.

Sintiendo una confianza nueva, levantó una mano para acariciar su cara.

–No habrá remordimientos.

Con el corazón acelerado y un ansia enloquecida, Sawyer se quitó la camiseta, pero no podía dejar de mirarla. Sus labios estaban hinchados, sus pechos firmes, con los pezones levantados, del tamaño perfecto para la mano de un hombre. Quería ir despacio, pero no podía porque sus labios eran como de seda. Le temblaban las manos cuando rozó la cadenita de oro que colgaba de su cuello... la cadena había quedado atrapada entre su cuello y el sofá y Sawyer la apartó suavemente...

Había una alianza colgada en la cadena. La alianza de Brett.

Sawyer se apartó, la fiebre que encendía su sangre congelándose de inmediato. Había cosas en las que un hombre no quería ser un actor secundario.

Compartir el nacimiento del cachorro aquella noche, tener a Lynn entre sus brazos, le había hecho desear lo que no podía tener. Lynn estaba rota por la muerte de Brett y sólo se había casado con él de rebote. La alianza lo dejaba bien claro. Su corazón seguía siendo de Brett.

–Lo siento –murmuró ella.

¿Qué sentía, haber querido creer que era su hermano?

El pesar que había en sus ojos azules hizo que Sawyer apartase la mirada. Era tan tonto que había vuelto a enamorarse de Lynn por segunda vez. Y, como antes, Brett se ponía en medio.

Sawyer se levantó pesadamente del sofá.

–No me gustan los tríos. No habrá nada entre nosotros hasta que no sea Brett el hombre al que ves cuando cierras los ojos.

Capítulo Ocho

El cachorro había desaparecido. Lynn se incorporó y encendió la lámpara. No era su imaginación, la cajita de Ursus no estaba bajo su cama.

Sawyer debía de habérselo llevado, pensó. Pero no lo había oído entrar en la habitación... ¿La habría observado mientras dormía? Se le puso la piel de gallina sólo de pensarlo.

Después de ducharse, Lynn se puso una camiseta y un pantalón rojo y bajó a la cocina. Por la ventana vio a un solitario nadador en la piscina, dando largas y potentes brazadas. El cachorro estaba en su cajita, sobre la mesa del jardín, y ella dejó escapar un suspiro de alivio.

Con un vaso de zumo de naranja en la mano, salió al porche y se sentó en una silla, al lado de Ursus. Pero no podía dejar de mirar a Sawyer. Si iban a tener una relación sincera, tendría que explicarle lo de la alianza. No era justo dejarle creer que seguía enamorada de Brett.

Quince minutos después, Sawyer salió de la piscina, con el agua cayendo en cascada por su espalda, moldeando el bañador negro sobre los contornos masculinos de su entrepierna.

Lynn apartó la mirada. ¿Cómo era posible que sólo mirando a aquel hombre se sintiera tan femenina? ¿Y por qué Sawyer conseguía excitarla cuando habría dado cualquier cosa por sentir la décima parte de esa excitación con su marido? Cuanto más se preocupaba por su falta de respuesta, más tensa se ponía y...

–¿Has dormido bien? –preguntó él, secándose el pelo con una toalla.

–Sí, gracias. Debería haberme levantado antes, pero...

–Estuvimos despiertos toda la noche, es normal que te hayas dormido.

Lynn intentaba no mirar, pero sus músculos la fascinaban. El vello oscuro de su pecho se perdía bajo el elástico del bañador...

–Sawyer, sobre lo de anoche... no estaba pensando en Brett mientras me besabas.

Él apretó los labios. Intentaba mostrarse tranquilo, pero podía ver que no lo estaba.

–Llevo... llevaba ese anillo por una única razón, para recordar que éste es un matrimonio de conveniencia. Ninguno de los dos espera nada, pero yo...

Había tenido que soportar tantos rechazos en su vida que temía que aquella confesión la llevase a otro. Primero su padre que, cegado por el dolor de haber perdido a su mujer, se había apartado de ella. Luego sus compañeros del instituto, que le dieron la espalda cuando saltó el escándalo sobre su padre. Después Sawyer se había cansado de ella y, más tarde, Brett había decidido que no merecía la pena. Tenía miedo, pero debía hacerlo entender.

–Me gustas mucho, Sawyer. Eres un hombre amable, generoso, leal. Me gusta todo en ti.

–Ya.

–No pienso volver a enamorarme –siguió Lynn, nerviosa–. Nunca. No quiero que vuelvan a romperme el corazón. Llevaba el anillo para recordar que el amor es... complicado. Pero no estaba pensando en Brett. Tú eres tan... diferente de tu hermano. Lo que quiero decir es que nuestro matrimonio podría estar basado en el respeto mutuo y la amistad. Me gustaría que mi hijo tuviera la clase de familia que tú has tenido...

Sawyer apoyó las dos manos sobre los brazos de la silla.

–¿Y enamorarte de tu marido sería tan malo?

–El amor se termina –contestó Lynn. Y terminaba de una forma muy dolorosa.

–No tiene por qué. Mis padres se quisieron siempre, hasta el último día –dijo él entonces, apartando el flequillo de su cara–. ¿Por qué no dejamos la puerta abierta y vemos qué nos depara este año?

–Yo...

Sawyer no la dejó terminar. Tiró de ella y la envolvió en sus brazos.

–Quiero hacerte el amor, pero sólo si no tienes dudas de con quién estas compartiendo la cama.

El corazón de Lynn latía, acelerado. Tenía

dudas, pero no las que Sawyer creía. Sus dudas eran personales. ¿Y si se ponía tensa, si se convertía en un bloque de hielo desde el cuello hasta los pies como le pasaba con Brett? No le había pasado la noche anterior, ni la primera vez, pero sólo eran dos veces y ella había soportado cuatro años de angustia.

¿Podrían ser amantes? Sí, claro. Aunque sólo tenía veintitrés años, era una mujer madura para su edad. Podía tener una relación física con un hombre y, si no ponía el corazón, no acabaría rompiéndoselo.

—Nunca podría confundirte con tu hermano.

Lynn entreabrió los labios, pero en lugar de besarla, él apoyó la cara en su cuello y respiró profundamente.

—Hueles tan bien...

—Es el gel de ducha.

Sawyer tomó su cara entre las manos y la besó con tal ardor que se le doblaron las rodillas. Apasionado, deslizó las manos por su espalda para apretar su trasero. La dura evidencia de su deseo se clavaba en el estómago de Lynn, que enredó los brazos alrededor de su cuello para apretarse más. Estaba empapado y la estaba empapando a ella, pero le daba igual. El beso se volvió carnal, enfebrecido.

Sawyer metió las manos bajo su camiseta para desabrochar el sujetador, acariciando su espalda desnuda.

—Vamos arriba. Yo subiré al cachorro.

Insegura y temiendo cometer de nuevo un

tremendo error, Lynn vaciló. Sawyer debió de leer sus pensamientos porque tomó la caja de Ursus con una mano y con la otra a ella por la cintura para subir a su dormitorio.

–¿Estás segura? –preguntó, dejando la caja del cachorro en el suelo.

Hacer el amor con él podía acercarla a la familia que siempre había querido...

–Sí.

Sawyer empezó a acariciar sus pechos por encima de la camiseta.

–No quiero meterte prisa –dijo con voz ronca, mirándola de una forma que la hacía temblar. Brett nunca la había mirado así, ni siquiera la primera vez.

–Méteme prisa –susurró Lynn.

«No me des tiempo a pensar en el pasado o a preocuparme por el futuro. No me des tiempo a preguntarme si estoy cometiendo otro error».

Sawyer la tiró sobre la cama y se colocó entre sus piernas abiertas. Le temblaban las manos mientras acariciaba sus aureolas con la punta de los dedos... y repetía luego el proceso con la lengua.

Lynn nunca había experimentado algo así e intentó cerrar las piernas, pero él no la dejó. La lengua de aquel hombre sobre sus pechos, sus caricias, la mareaban. Iba a hacer el amor con Sawyer. El deseo se revolvía dentro de ella, haciéndola sentirse impaciente como nunca. Aquello no era una obligación ni era el acto de una mujer al borde de un ataque de nervios. Era algo elemental, un hombre y una mujer y el deseo que sentían el uno por el otro.

No era amor. No podía serlo.

Sawyer le bajó el pantalón, dejándola sólo con las braguitas. Durante varios segundos se quedó mirándola, allí, con la luz del día entrando por la ventana.

Lynn hizo un esfuerzo para no taparse, concentrándose en el bulto que había bajo sus pantalones. Eso, y su mirada de deseo, le dijo que Sawyer no estaba catalogando sus defectos.

Él se puso de rodillas sobre el colchón, apoyándose en los brazos e inclinándose suavemente hasta que el vello de su torso rozó sus pechos. Lynn arqueó la espalda para intensificar el contacto y él capturó su boca, como una fiera. Un beso seguía a otro. Sawyer abandonó su boca para dejar un rastro de besos por su cuello, su escote, sus pechos... Chupaba sus pezones, su estómago, su ombligo, mientras, hábilmente, le bajaba las braguitas.

Cuando el trozo de tela desapareció, agarró sus nalgas y bajó la cabeza. Lynn se puso tensa. Nunca había experimentado *eso*, pero entonces Sawyer empezó a acariciarla entre las piernas, encontrando el sitio adecuado para hacerle perder la cabeza.

Lynn apretó los puños, excitada como nunca, y cuando él se concentró en esa zona en particular, enterró los dedos en su pelo, segura de que no podría soportar tanto placer. Sawyer siguió tocándola hasta que gritó su nombre. Y después, cuando estaba agotada, perdida en un mar de sensaciones nuevas para ella, siguió besándola en los labios. Luego se incorporó un poco para quitarse el bañador, revelando su palpitante masculinidad.

Lynn tuvo otro momento de duda. Aquel hombre era perfecto. ¿Por qué estaba con ella? Pero, apartando esos pensamientos negativos, se sentó sobre la cama, tomó su miembro con la mano e inclinó la cabeza...

–Espera –dijo Sawyer.

–¿No quieres que...?

–Cariño, si me acerco a tu boca un centímetro más se acabó. Tu aliento está a punto de matarme.

–Pero...

–En otro momento. Túmbate, deja que te quiera, Lynn.

Ella intentó llevar aire a sus pulmones, pero Sawyer buscaba su boca con ansia. Apoyándose en un brazo, se inclinó hacia delante, hasta que su miembro rozó la entrada de su cueva. Con un dedo, empezó a acariciarla donde sus cuerpos pronto estarían unidos y Lynn cerró los ojos.

–No...

–No cierres los ojos.

Ella nunca había besado con los ojos abiertos y era una sensación extraña, como si pudiera leer en su alma.

–Mírame mientras dices mi nombre.

Su pulso se aceleró. ¿Cómo podía creer que estaba pensando en Brett?

–Sawyer, por favor. Te necesito.

–Otra vez –murmuró él, embistiéndola con fuerza.

El recuerdo de esa noche en el vestíbulo le hacía justicia. Era tan grande como Lynn recordaba. Y más. Hacer el amor con los ojos abiertos era una nueva experiencia para ella, pero en los de Sawyer veía la misma pasión y eso la hacía sentirse poderosa. La deseaba, la necesitaba.

Lynn dijo su nombre una y otra vez, levantando las caderas para recibirlo mejor. Clavó las uñas en su espalda, empujándolo hacia ella, buscando su boca. El vello de su torso la excitaba tanto... entonces explotó, convulsionándose por entero. Sawyer se tragó sus gritos y siguió bombeando, buscando su propio placer.

Por fin, cayó sobre su pecho. Cubiertos de sudor, jadeaban buscando aliento. Saciada, Lynn lo apretó contra su corazón, acariciando su espalda y saboreando el hecho de haber respondido, de haberse sentido como una mujer.

Sawyer se apartó un momento y ella no dijo nada, pero en lugar de ir a la ducha como esperaba, la estrechó entre sus brazos, acariciando su espalda tiernamente.

Con cada roce, con cada caricia, la hacía sentirse deseada en lugar de inadecuada. Su corazón se llenó de esperanza, pero tenía miedo de arriesgarse a que, de nuevo, se lo rompieran.

* * *

Sawyer podría haber jurado que Lynn no tenía experiencia en la cama. No era virgen, por supuesto, pero parecía sorprendida por la mitad de las cosas que habían hecho en las últimas tres horas.

Mientras se ponía los pantalones, no dejaba de hacerse preguntas. Era evidente que sabía cómo darle placer a un hombre y, sin embargo, parecía sorprendida de recibirlo. Pero ésas eran preguntas para las que no quería respuesta. No quería pensar en Lynn con Brett cuando su piel seguía oliendo a ella y cuando seguía batallando contra el sentimiento de culpa por compartir un futuro que debería haber compartido su hermano.

Entonces oyó el grifo de la ducha y se acercó a la puerta del baño. Lynn, desnuda, secándose el pelo con una toalla, no lo había visto. Sus pechos se agitaban con cada movimiento, acelerando su pulso y calentando su entrepierna. De nuevo, se sintió culpable al ver que le había dejado marcas rojas en el cuello...

Lynn se agachó para secarse las piernas, pero enseguida levantó la cabeza.

–¿Querías algo?

–No, sólo estaba disfrutando del hermoso paisaje –sonrió Sawyer.

–No tienes por qué decir eso.

–¿Quieres que mienta?

–Sawyer, soy muy delgada y tengo poco pecho.

–Lo dirás de broma –rió él, acercándose–. Eres increíblemente preciosa y tus pechos son una maravilla.

Ella lo miraba, incrédula. ¿No sabía lo preciosa que era? Aunque le gustaría convencerla, se obligó a sí mismo a dar un paso atrás.

–Tengo que pasar por la tienda de pinturas esta tarde. ¿Quieres venir conmigo? Podríamos ver muebles para la habitación del niño.

Lynn miró hacia la habitación.

–No sé... debería empezar a guardar las cosas de las cajas.

Sawyer asintió, un poco decepcionado. Después de la noche anterior pensó que no tenían ninguna posibilidad, pero ahora...

Aunque Lynn decía no querer amar a nadie, él quería su amor. Pero hasta que olvidase el dolor por la muerte de su hermano, tendría que contentarse con lo que ella pudiera darle.

Y tenía que marcharse enseguida. Si seguía a su lado, si seguía mirando aquellos preciosos ojos azules, no podría irse de su habitación. Sonriendo, le robó un beso.

–Ursus ya ha comido y Maggie se encarga de los demás cachorros. Volveré dentro de un par de horas.

Optimista, bajó la escalera dando saltos. Lynn lo deseaba, había una posibilidad. Sawyer tuvo que sonreír ante aquel pensamiento tan adolescente. Pero tenía que hacer que aquel matrimonio funcionase. Si el fantasma de Brett no podía separarlos, nada lo haría.

La sensación de felicidad que embargaba a Lynn mientras colocaba los cojines del sofá le hizo albergar esperanzas de futuro. Pero había aprendido que si algo parecía demasiado bueno para ser verdad... era demasiado bueno para ser verdad.

Era hora de reflexionar, se dijo, de volver a levantar una barrera sobre su corazón. La necesidad de poner los pies en el suelo la llevó de nuevo al diario de Brett.

Una frustrante hora después, cerraba el cuaderno. ¿Qué había querido decir con eso de que estaría por encima de Sawyer mientras tuviera lo que él más deseaba?

¿Qué era lo que Sawyer deseaba más? ¿Y qué podía tener Brett que fuera de su hermano? ¿Las alianzas? ¿El reloj? No, no era nada de eso. Pero fuera lo que fuera, tenía que devolvérselo.

Había leído el diario de Brett varias veces de cabo a rabo, pero lo único que había conseguido era terminar con un terrible dolor de cabeza y una sensación de rabia e impotencia. Parte del diario estaba escrito con frases que dejaba a medias, palabras sin sentido... ¿sería una clave? No podía estar segura, pero tenía la impresión de que Brett esperaba algo grande durante los meses previos a su accidente porque el tono era muy ufano.

Pero ¿qué era lo que esperaba?

El sonido de unas ruedas en la gravilla de la entrada interrumpió sus pensamientos. Lynn guardó el diario de Brett bajo el colchón y bajó corriendo por la escalera. Le habría gustado que los latidos de su corazón fueran debidos sólo a la carrera, pero no era verdad; era aquel hombre de vaqueros gastados y camiseta blanca.

Aquella mañana había sido una revelación. Sawyer la había hecho sentirse querida, respetada, admirada y deseada. Ella nunca se había visto como una mujer sexual... pero lo era. Con Sawyer lo era. Brett le había hecho creer que era frígida cuando no era verdad. ¿Sobre qué más le habría mentido?

En parte, quería creer en la fantasía que Sawyer estaba creando para olvidar el pasado y no preocuparse por el futuro, pero su experiencia le advertía que tuviese cuidado.

–Me gusta que me esperes en la puerta –sonrió él, abrazándola. De nuevo, su corazón se llenó de esperanza... pero no quería perder la cabeza.

No estaba enamorándose de él. No. Para nada. No tenía que leer los comentarios hirientes de Brett para recordar lo que había pasado la última vez que amó a un hombre. Se había convertido en víctima de los caprichos de su marido. Y, por su hijo, no podía dejar que eso volviera a ocurrir.

Pero aquello no era amor, se dijo, sólo estaban viviendo juntos porque era un acuerdo conveniente para los dos. Cuando terminase el acuerdo, tendría dinero en el banco y seguiría siendo amiga de Sawyer, que compartiría la custodia del niño.

«A ver qué nos depara este año», había dicho. Él no hacía planes a largo plazo y tampoco ella debería hacerlo.

Sawyer le mostró un montón de folletos.

–¿Que es esto?

–Paré un momento en la universidad y me llevé unos cuantos folletos sobre cursos que podrían interesarte. El niño no nacerá hasta febrero, así que podrías apuntarte este semestre.

La oferta era tentadora pero, al mismo tiempo, le pareció una camisa de fuerza. Estaba deseando hacer una carrera universitaria para poder mantener a su hijo decentemente, pero antes tenía que establecer su independencia.

–Ya hemos hablado de esto, Sawyer. No quiero dejar el trabajo.

–Cuando salíamos juntos estabas deseando empezar la carrera. Brett te robó esa oportunidad y yo quiero devolvértela.

–Antes tengo que vender la casa, prepararme para la llegada del niño...

–Quizá debería exigir que empezases la carrera para trabajar en Riggan-Software.

–¡No puedes hacer eso!

Sawyer apretó los dientes.

–Lynn, tienes mucho talento para el marketing. Lo que hiciste con el folleto promocional es increíble... Imagínate lo que podrías aprender en la universidad. Serías fenomenal, incluso mejor que mi hermano. Y él era un genio del marketing.

–Pero necesito mi sueldo para pagar las deudas de Brett –replicó Lynn.

–¿Las deudas de Brett?

–Quiero decir, nuestras deudas.

Sawyer la miró, sorprendido.

–Puedes trabajar y estudiar a la vez. Sólo tendrías que ir a la oficina por las mañanas. ¿Qué te parece? Yo sólo quiero lo mejor para ti, Lynn.

Ella apartó la mirada. Brett había usado esa misma frase muchas veces... justo antes de decirle algo que no quería oír.

–No vuelvas a decir eso.

Él arrugó el ceño.

–¿Qué?

–Lo siento. Sé que lo haces con buena intención, pero no puedo manejar tantos cambios a la vez.

Su expresión dejaba claro que no podía entender por qué se negaba a ir a la universidad. Y ella no podía explicarle lo atrapada que se había sentido durante su matrimonio sin destrozar la imagen de su hermano.

–Muy bien, como quieras –suspiró Sawyer, dándole una bolsa de plástico–. Esta noche vamos a salir. Ponte esto.

Lynn apretó los dientes. ¿Qué había en la bolsa? ¿Uno de esos vestidos llamativos y demasiado escotados que Brett solía comprarle? Odiaba que su marido la hiciera pasearse delante de sus amigos con esos vestidos. Odiaba cómo la miraban. Y las mujeres... con esa pinta de «robamaridos» no había podido hacer amigas.

–Prefiero elegir mi propia ropa yo misma, muchas gracias.

–¿Te importaría decirme por qué estás tan enfadada? Es sólo una camiseta.

–¿Una camiseta?

–El equipo de fútbol de la empresa juega un partido esta noche. Había pensado que te gustaría venir.

Lynn hizo una mueca.

–Lo siento.

–¿Qué te pasa?

Ella dejó escapar un suspiro. No podía contarle que leer el diario de su hermano la sacaba de quicio, que le recordaba lo tonta que había sido en el pasado. Estaba deseando quemarlo, pero antes tenía que descubrir las claves.

–Brett solía elegir mi ropa.

–Y no quieres que yo haga lo mismo.

–No.

–¿Porque te recuerda que él ya no está aquí o porque no quieres que te vista como a una conejita?

Lynn se puso colorada.

–Ha llegado el momento de tomar mis propias decisiones y eso incluye mi ropa y mi futuro.

–Eres una mujer preciosa –suspiró Sawyer, acariciando su pelo–. No tienes que enseñar nada para poner a un hombre de rodillas, pero me gustaría que pensaras lo de volver a la universidad. Por ti y por mí –añadió, dejando los folletos sobre la mesa–. Si te apetece venir al partido, saldré dentro de media hora.

–¿Y Ursus?

–Tendrá que venir con nosotros. Vamos a dar un paseo, Maggie.

La puerta se cerró y Lynn tomó uno de los folletos. Lo que Sawyer le ofrecía era demasiado bueno como para ser verdad. ¿Se atrevía a confiar en él?

Tener una educación universitaria era el primer paso para ser independiente.

Y no debía dejar que el pasado arruinase su futuro.

Capítulo Nueve

Aquella mujer era una masa de contradicciones. Cuando Sawyer creía haber decodificado el misterio de Lynn, ella hacía algo que lo confundía. Afortunadamente, le gustaban los acertijos.

¿Qué había ocurrido durante su ausencia? La había dejado contenta, sonriente, y cuando volvió parecía un puerco espín. Pero un puercoespín sólo usaba las púas para defenderse, pensó entonces. ¿Lamentaba haber hecho el amor con él? ¿O sentía que había traicionado a su hermano?

Cuanto más sabía sobre su matrimonio, más sorprendido se quedaba. Lynn no le había contado mucho, pero era lo que no decía lo que plantaba dudas en su cabeza. Algo no cuadraba.

Además, Lynn parecía siempre a la defensiva, como asustada. ¿Por qué? Y cómo respondía cada vez que le decía algo bonito... como si nunca le hubieran dicho un piropo. El anhelo que vio en sus ojos cuando le ofreció los folletos de la universidad contradecía su obstinada negativa. ¿Por qué negarse si lo estaba deseando? ¿Y por qué las cosas que empezaba a intuir sobre su relación con su hermano le parecían tan extrañas?

Y luego, la ropa. Brett la vestía para que la desearan los demás hombres y, sin embargo, Lynn no tenía la confianza de una mujer liberada, todo lo contrario. ¿Cómo una mujer con un cuerpo como el suyo no sabía el efecto que ejercía en los hombres? Era evidente por su timidez que no tenía ni idea.

Y lo que más vueltas daba en su cabeza: no parecía estar de luto por su hermano y, sin embargo, había intentado tener un hijo con él.

¿Cómo iba a enamorar a su mujer si no la entendía?

La puerta se abrió y Lynn, con la camiseta del equipo y un pantalón corto, salió al porche. Tenía las piernas largas, bronceadas. Estar enredado en ellas era como estar en el cielo... Su aspecto de «vecinita de al lado» era mucho más peligroso que aquellos vestidos escotados.

Dada la atracción que había entre ellos, su deseo de formar una familia y el amor que sentía por ella, Sawyer estaba seguro de que su matrimonio podía funcionar. Pero sospechaba que tendría que eliminar algunos obstáculos.

–¿Nos vamos?

–Nunca he estado en un partido de la empresa.

–Brett no jugaba.

En realidad, Brett siempre tenía algún compromiso cuando había algún evento de la empresa. Sawyer no recordaba que hubiera llevado a Lynn a ninguna fiesta... y tampoco a la oficina.

–No le gustaba mucho el deporte. Y a mí tampoco, la verdad.

–Pues nadas como un pez.

–Mejor eso que los vídeos para mantenerse en forma –dijo Lynn, sin mirarlo.

¿Que había querido decir? Su expresión le advertía que allí había algo escondido y Sawyer quería descubrir qué era.

Antes de cerrar la puerta del coche, se inclinó para darle un beso en los labios.

–Si este partido no contase para el campeonato, te llevaría a la habitación ahora mismo.

Lynn apartó la cara, colorada.

Pero había estado casada cuatro años. ¿Cómo podía ponerse colorada por un coqueteo tan inocente como aquél?

–He traído galletitas y sándwiches. Come algo para que no te den náuseas.

–Sawyer...

–Ya, ya lo sé. Puedes cuidar de ti misma. Venga, hazlo por mí. Voy a buscar a Ursus y enseguida nos vamos.

Un minuto después colocaba la cajita del cachorro en el asiento trasero. ¿Qué era aquello, una especie de práctica antes de la sillita del niño? Sí, le gustaba eso.

Enseguida llegaron al parque. Al contrario que las mujeres con las que solía salir, que no dejaban de hablar, Lynn había permanecido muda durante todo el camino.

–¿Quieres decirme por qué estabas enfadada antes?

–No estaba enfadada. Es que esta mañana ha sido un poco... intensa.

–¿Lo lamentas?

Lynn levantó la mirada.

–No, en absoluto.

Sonriendo, Sawyer salió del coche. Poco después, se encontraban con el resto de los jugadores.

–Chicos, os presento a Lynn, mi mujer.

Le presentó a un montón de gente, todos empleados de Riggan-Software o esposas de empleados. Y todos con la misma camiseta roja. Sawyer no le había llevado la camiseta para que llamase la atención, sino para que fuera una más. De nuevo, la había incluido en su círculo.

Ursus, por supuesto, se convirtió en la estrella del momento. Sobre todo, para una niña de unos dos o tres años, que no dejaba de tocarlo y que luego levantó las manitas manchadas de chocolate para abrazar a Sawyer. Él rió, encantado. A Lynn se le ocurrió pensar que Brett se habría apartado de inmediato. ¿Cómo había podido pensar que su marido podría haber sido un buen padre?

Sawyer, por el contrario...

–Annie, lo estás manchando de chocolate –la regañó su madre.

–No importa. Por cierto, Lynn, Sandy y Karen pueden recomendarte un buen ginecólogo –sonrió él, mirando a todo el mundo–. Lynn y yo estamos esperando un niño.

Lo había dicho con una ternura, con una naturalidad que la emocionó.

Pero el árbitro tocó el silbato en ese momento.

—Tengo que irme. ¿Sandy?

—Tranquilo, yo cuido de tu chica —rió la mujer.

Mientras lo veía jugar, riendo con sus empleados y amigos, Lynn no podía dejar de admirarlo. Vivía la vida de una forma tan natural, tan sana... Pero todo aquello era una fantasía. Aquello no era amor. El suyo no era un matrimonio de verdad. No había un final feliz para ellos.

—¿Te ha pedido que cuides de mí, Sandy?

—Por supuesto. ¿Cuándo nacerá el niño?

—En febrero, creo.

—¿Crees? ¿Aún no has ido al ginecólogo?

—Aún no. Acabamos de saberlo.

Si aquellas mujeres sabían que había estado casada con el hermano de Sawyer, fueron lo suficientemente consideradas como para no mencionarlo.

—Sawyer será un padre estupendo.

—Yo también lo creo —Lynn se sentía como una adolescente colgada del capitán del equipo. Y le gustaba.

Las chicas hicieron que se sintiera cómoda y bienvenida, una más. Y esa aceptación era algo que Lynn no había tenido nunca.

Antes de que terminase el primer tiempo, otra mujer se sentó con ellas en las gradas.

—Jane, te presento a Lynn, la mujer de Sawyer.

—Recién casados, ¿eh?

—Sí.

–No me extraña que Sawyer tuviese tanta prisa. Lleva toda la vida cuidando de ese holgazán de hermano suyo. Ahora que Brett ya no está podrá recuperar el tiempo perdido.

Lynn se quedó helada. No podía hablar.

–No seas criticona, Jane –la regañó Sandy, mirándola por el rabillo del ojo.

–No soy criticona, estoy diciendo la verdad. Brett era un problema. Nunca hacía los proyectos a tiempo y Jim siempre estaba quejándose porque tenía que terminarlos él. El pobre Sawyer no ha podido hacer nada de lo que quería porque tenía que solucionar los problemas de su hermanito.

Lynn se clavó las uñas en las palmas de las manos. No sabía que Brett fuese tan irresponsable. De hecho, su excusa para llegar tarde a casa siempre era el trabajo. Pero, claro, seguramente estaría con su amante.

No quería pensar en las palabras de Jane, pero no podía evitarlo. ¿Sería ella otro problema de Brett que Sawyer había tenido que solucionar?

A pesar del calor, su frente se cubrió de un sudor frío. Se sentía enferma, asqueada.

–¿Sabes dónde están los servicios, Sandy? –murmuró, llevándose una mano al estómago.

–Sí, iré contigo. Karen, ¿te importa cuidar del cachorro?

Cuando llegaron a los servicios, las náuseas habían desaparecido, afortunadamente. Lynn se echó un poco de agua fría en la cara.

—¿Quieres que llame a Sawyer?

—Ya estoy aquí.

Lynn se volvió, sorprendida. Sawyer siempre había solucionado los problemas de Brett... ¿Por eso se había casado con ella? ¿Para terminar un trabajo que su hermano había dejado a medias?

Sus ojos se llenaron de lágrimas. Estaba enamorada de él. Era inútil engañarse.

—¿No ves que éste es el lavabo de señoras?

—Me han dicho que te habías puesto mala...

—Estoy bien. Y te estás perdiendo el partido.

Sawyer se encogió de hombros.

—Estaba en el banquillo cuando te vi venir corriendo. ¿Estás bien, de verdad? ¿Quieres que te lleve a casa?

Sandy tocó su brazo.

—Te espero en las gradas.

—Gracias —suspiró Lynn—. Estoy bien, Sawyer. Vuelve al campo.

—¿Qué ha pasado?

Lynn se dio la vuelta. ¿Por qué se había enamorado de él? ¿Por qué? Desde el principio sabía lo que iba a pasar...

—Nada, me han entrado náuseas.

—Ven a sentarte...

—¡Ya te he dicho que estoy bien!

—¿Qué te pasa, Lynn?

—Nada, no me pasa nada.

Sawyer la llevó al coche de la mano y sacó una bolsa de galletitas y un bote de zumo.

—Come algo, ¿eh?

Lynn tenía lagrimas en los ojos. ¿Cómo no

iba a quererlo? Era el hombre más bueno que había conocido nunca.

Veinte minutos después oyeron el primer trueno y, unos minutos más tarde, descargaba una tormenta sobre el campo de fútbol. El árbitro dio por terminado el partido y todos corrieron para buscar refugio.

–¡Vamos al coche! –gritó Sawyer.

Una vez dentro, se quedaron en silencio. Lynn habría querido preguntarle si era una carga para él, otro de los problemas que había dejado su hermano, pero no tenía valor para escuchar la respuesta.

Sawyer empezó a acariciar sus piernas, sonriendo.

–¿Qué?

–¿Lo has hecho en un coche alguna vez?

Lynn tuvo que sonreír.

–Me haces sentir como una adolescente perversa.

–¿Y eso es un problema?

–No lo sé, nunca lo he sido.

–¿El capitán del equipo de fútbol no quería ligar contigo?

–Yo no era muy popular en el instituto –suspiró Lynn. Pero no quería hablarle del rumor que hizo que sus amigos la abandonasen.

Sawyer la miraba, incrédulo.

–¿Quieres que te demuestre lo divertido que puede ser hacerlo con la ropa puesta?

¿Divertido? A ella nunca le había parecido divertido… siempre había sido algo serio, intenso, nada satisfactorio. Hasta que conoció a Sawyer. Le maravillaba que pudiese excitarla sólo con palabras. ¿Por qué no había experimentado eso antes? ¿Volvería a experimentarlo cuando aquel matrimonio terminase?

–Bueno.

Sawyer empezó a besar su nariz, su frente, su cuello... hasta que fue la propia Lynn quien tomó su cara entre las manos. Era como un reto. Sawyer acariciaba sus piernas, el interior de sus muslos, con agónica lentitud. Cuando metió la mano por debajo del pantalón corto, Lynn le clavó las uñas en la espalda, deseando que la tocara, que recrease la magia de aquella mañana... pero la tela del pantalón se lo impedía. Nunca antes había deseado arrancarse la ropa, pero en aquel momento lo deseaba.

–Estás empapado –murmuró.

–Y tú lo estarás enseguida –dijo Sawyer con voz ronca.

Lynn sintió un escalofrío. Sus pechos estaban muy sensibilizados por las caricias de la mañana y se apartó un poco cuando él apretó uno de sus pezones con los dedos.

–Cuidado.

Sawyer apoyó la cabeza en su pecho.

–Perdona, soy un cerdo. No se me había ocurrido pensar que lo de hoy ha sido demasiado para ti.

–No, no es eso. Te deseo Sawyer. Quiero hacerlo... –no terminó la frase al darse cuenta de lo que estaba diciendo. Brett siempre insistía en que se lo dijera, pero nunca era de verdad. Hasta aquel momento. Quería a Sawyer, quería tenerlo dentro, hacer el amor con él. Quería mirarlo a los ojos mientras lo hacían, verlo perder el control y sentir ese poder.

Quería hacer el amor con él sabiendo que lo amaba.

–¿Sí?

Ella nunca había pedido nada. No sabía hacerlo.

–Quiero tocarte, quiero sentir tu piel.

Después de decirlo se mordió los labios, pero enseguida vio un brillo de pasión en los ojos del hombre.

–Vamos a casa antes de que nos detengan.

El sol empezaba a ponerse cuando llegaron. Sawyer aparcó el coche y tomó su mano, riendo.

–¿A dónde vamos?

–A la piscina. ¿No querías tocarme?

–Sí, pero...

–Quítate los zapatos, Lynn.

–Pero estamos en el jardín. Podrían vernos.

–Rick no está en casa y nadie puede vernos desde la calle –sonrió Sawyer, quitándose los pantalones.

El esplendor de su cuerpo desnudo y excitado la dejó sin aliento. ¿Podría hacer que aquel matrimonio funcionase? ¿Se atrevía a imaginar el futuro después de que terminara el acuerdo?

Sawyer no parecía estar haciéndose preguntas porque le quitó la camiseta y el sujetador sin miramientos.

–Yo estoy desnudo, así que tú también.

Riendo, Lynn dejó que le quitase el pantalón y las braguitas. Luego, la tomó en brazos y se tiró a la piscina. El agua estaba caliente, pero ella lanzó un grito de sorpresa.

–¿Qué haces?

–¿No te gusta? –rió Sawyer, aplastándola contra la pared. Su erección dejaba bien claras sus intenciones.

Pero Lynn tenía ganas de jugar y, después de hacerle una ahogadilla, salió huyendo. Sawyer la atrapó enseguida, más excitado que antes, si eso era posible. Ella no llegaba al suelo, pero él sí y se colocó fácilmente entre sus piernas. Cuando sintió el roce de su rígido miembro, Lynn dejó escapar un gemido.

No podría ser un amante tan generoso si no sintiera algo por ella, pensaba.

–Lynn –dijo Sawyer con voz ronca, como un hombre a punto de perder el control. Por ella. Si lo afectaba tanto como la afectaba él, entonces quizá, sólo quizá, podría haber un futuro para los dos.

–Sawyer.

Como si hubiera dicho una palabra mágica, él se inclinó un poco y la penetró con un rápido movimiento, empujando una y otra vez mientras la besaba en el cuello como un hambriento.

A medida que crecía el placer, crecía también

la esperanza, el amor. Lo amaba, lo amaba. Olas de placer, de felicidad, le hicieron cerrar los ojos. Poco después, Sawyer echó la cabeza hacia atrás, vaciándose dentro de ella.

Y Lynn temió que aquel matrimonio temporal la llevase a un desengaño permanente.

Capítulo Diez

Cuando sonó el timbre, Sawyer se levantó del sofá, con cuidado para no despertar a Lynn de su siesta, y la tapó con una manta.

Lo amaba. No lo había dicho, pero sólo el amor podía explicar el brillo de sus ojos cuando lo miraba o la ternura de sus caricias. Por supuesto, tampoco él le había confesado su amor, pero lo haría durante la cena.

Cuando abrió la puerta, se sorprendió al ver a Carter con un maletín en la mano. La expresión seria de su amigo le dijo que aquélla no era una visita de cortesía. Carter había encontrado al ladrón.

—¿Dónde está Lynn?

—Echándose una siesta —contestó Sawyer, llevándolo a su estudio.

—Mejor —dijo Carter, cerrando la puerta.

Sawyer se sorprendió. Su amigo era la persona más tranquila que conocía, pero parecía nervioso.

—¿Quién es? —preguntó.

—Lo he comprobado todo tres veces...

—¿Y?

—Es un trabajo desde dentro.

Sawyer se pasó una mano por el pelo, incrédulo.

–¿Por qué querría robarme uno de mis empleados? Todos están bien pagados, tenemos una excelente relación... Somos como una familia. Tienes que haber cometido un error, Carter.

–Tengo pruebas, Sawyer –suspiró él, colocando el maletín sobre el escritorio.

–Quiero el nombre de ese malnacido. Quiero saber cuántas veces ha tenido acceso a los archivos, quiero saber a quién le ha vendido el programa y cuánto le han pagado por él.

–Está todo en mi informe –dijo Carter, sacando unos papeles–. Lo siento mucho, amigo. Era Brett.

Sawyer dio un paso atrás.

–No puede ser. Alguien ha intentado cargarlo con esto...

–He encontrado ingresos en su cuenta corriente que coinciden con las fechas que me diste... la más reciente y la de hace un par de años.

Sawyer no quería saber cómo había conseguido Carter esa información confidencial, pero daba igual porque estaba equivocado. Tenía que estar equivocado.

–Mi hermano nunca me robaría.

–Debes admitir que Brett era muy competitivo contigo. Siempre quería un coche mejor que el tuyo, una casa mejor, tu empresa, Lynn...

–Era una competencia sana, entre hermanos –lo interrumpió Sawyer.

Pero ¿y la navajita que encontró en la caja? ¿Y las alianzas de sus padres, el reloj, la pulsera que le regaló su novia? ¿Y Lynn?

–¿Por qué iba a robar Brett a su propia empresa? Tenía un treinta por ciento de las acciones.

–Tu hermano le debía dinero a todo el mundo. Por lo visto, el banco le había denegado un préstamo y sus tarjetas de crédito estaban hasta el límite. La única forma de conseguir dinero era pedírtelo a ti, pero entonces tendría que haber admitido sus problemas económicos... y Brett no era capaz de hacerlo.

Las facturas que había visto en casa de Lynn, que ella hubiera tenido que vender la casa y el coche... pero no podía creer que Brett lo hubiese traicionado.

–Sé que no te caía bien mi hermano, Carter, pero no esperaba que quisieras arruinar su reputación una vez muerto.

Su amigo apretó los dientes.

–No mates al mensajero, Sawyer. Ojalá pudiera decirte que era otra persona, pero no puedo. Todas las pistas llevan a Brett y, que yo sepa, trabajaba solo, vendiéndole secretos empresariales a la competencia.

Sawyer se dio la vuelta. ¿Por qué iba a mentir su amigo? Pero tenía que estar mintiendo.

–¿Crees que es fácil para mí decirte esto?

–¿Y por qué lo haces?

Carter dejó escapar un largo suspiro.

–He estado a punto de ocultártelo, pero sé

que estás preocupado por la seguridad de tu empresa. Ahora que Brett no está, puedes lanzar otros programa sin miedo a que los pirateen.

Sawyer se pasó una mano por el pelo. Había hecho todo lo que pudo por Brett. Siempre. Había ahorrado cada céntimo para pagarle los estudios. Le había dado un trabajo y acciones de su empresa... Brett no podía haberlo traicionado.

–¿Crees que Lynn sabía algo? –preguntó Carter entonces.

–No.

–Pero ella se ha beneficiado de ese dinero. Y se casó contigo unas semanas después de la muerte de Brett.

–Te equivocas –dijo Sawyer, furioso.

¿Qué estaba pasando? ¿Por qué su amigo intentaba separarlo de las dos personas que más le importaban en el mundo?

–No sé por qué te empeñas en culpar a mi hermano... o a Lynn, pero estás equivocado. Voy a darte un cheque por tus servicios... y luego quiero que te vayas de mi casa.

–Tú sabes que no te mentiría, Sawyer. Aquí están los datos. Cuando estés dispuesto a sacar la cabeza de la arena, echa un vistazo al informe.

–Vete, por favor.

Su amigo lo miró, sacudiendo la cabeza.

–Cuando estés dispuesto a hablar, ya sabes dónde encontrarme.

—Eso no va a pasar.

Carter se dio la vuelta y salió del estudio.

El ruido de la puerta sobresaltó a Lynn. Las voces en el estudio la habían despertado, dejándola horrorizada. Brett era el ladrón. ¿Cómo podía no haberse dado cuenta?

De repente, los comentarios de Brett en el diario empezaban a tener sentido... Por alguna razón incomprensible, sentía que tenía derecho a quitarle a Sawyer lo que más quería...

Lynn tuvo que salir corriendo al cuarto de baño. Cuando por fin desaparecieron las náuseas, se lavó la cara y, apoyándose en la puerta, se abrazó a sí misma.

¿Qué iba a hacer?

¿El amor de Sawyer por Brett se tornaría en odio? ¿Ese odio se extendería al hijo de su hermano y a ella? Brett era adoptado, de modo que no había lazos de sangre.

Lynn se puso la mano sobre el abdomen, en un gesto de protección, rezando para llevar dentro el hijo de Sawyer, no sólo por el niño, sino por él. Sawyer valoraba la familia por encima de todo y necesitaba que aquel niño fuera hijo suyo. Necesitaba una familia.

Lynn se había enamorado de él y no quería marcharse, pero... ¿qué haría si la echaba de su casa? No podía aceptar el dinero que le correspondía por las acciones de la empresa si Brett había estado robándole. No, no aceptaría nada de él.

–¿Te encuentras bien? –oyó la voz de Sawyer al otro lado de la puerta.

Ella abrió, pálida.

–Sí. ¿Y tú?

–¿Lo has oído?

–Era difícil no oír los gritos.

–Estoy bien, no te preocupes.

Como durante el funeral, intentaba esconder su dolor, pero estaba en sus ojos, en su postura.

Lynn había querido protegerlo del lado oscuro de Brett y había fracasado. Dando un paso adelante, enredó los brazos alrededor de su cuello y apoyó la cara en su pecho.

–Lo siento.

–Carter cree que Brett era el ladrón –dijo Sawyer con voz ronca–. ¿Por que mentiría mi mejor amigo sobre algo tan importante?

Lynn cerró los ojos. Esa mañana había pensado que había una oportunidad para ellos. Porque lo amaba. Ahora, eso le parecía un sueño imposible. Pero no podía dejar que Brett siguiera robándole a su hermano. Y la única forma de detener la destrucción de su amistad con Carter era hablarle de aquel maldito diario en el que describía sus defectos con detalle. Cuando Sawyer supiera que había sido un fracaso como esposa y como mujer, no querría saber nada más de ella. Pero no tenía alternativa. Aunque le rompía el corazón, tenía que hacerlo.

–No te ha mentido. Brett te robaba.

Sawyer dio un paso atrás.

–¿Qué estás diciendo?

¿Por qué la posibilidad de perder a aquel hombre le dolía mil veces más que los engaños de Brett? ¿De verdad había amado a su marido alguna vez o estaba enamorada de la idea de felicidad que él le había vendido? No había comparación entre la atracción superficial que había sentido por Brett y el amor que sentía por Sawyer.

Lynn entró en su cuarto y sacó el diario de debajo del colchón.

–Encontré esto después del accidente. Es el diario de tu hermano. Aquí dice que «tiene lo que Sawyer más desea», que sólo así «quedará por encima y conseguirá lo que le corresponde». Hay fechas... supongo que las mismas que le has dado a Carter... en las que habla de que «ha llegado su momento».

Cuando Sawyer tomó el diario, Lynn dijo adiós a sus esperanzas y sus sueños.

–Brett te ha robado muchas cosas. No dejes que rompa tu amistad con Carter.

–Tú sabías lo que estaba haciendo –dijo él, con los dientes apretados–. Y no me lo has dicho hasta ahora porque sigues amándolo.

¡No! Pero no podía decirle que nunca había amado a Brett, ni que la noche de su muerte lo odiaba por todo lo que le había hecho y se odiaba a sí misma por haber sido tan ingenua.

–No te lo conté porque no quería destrozar el recuerdo que tenías de tu hermano. Brett ya no está. Sus pecados han terminado con su muerte. Tu empresa está a salvo.

Sawyer empezó a pasear por la habitación.

–Me has traicionado. Igual que él.

–Yo nunca te haría daño. Te quiero.

Él se volvió, furioso.

–¿Cómo voy a creerte? Amabas a mi hermano tanto como para mentir por él... ¿Te acostaste conmigo después del funeral para no quedarte en la calle?

–No, Sawyer –contestó Lynn, intentando contener las náuseas.

–Y yo me he creído eso de que el niño podría ser mío...

–Podría serlo.

–Ya no sé qué creer. Pensé que me había aprovechado de ti, pero parece que es al revés.

–No, yo...

–La gente en la que más confiaba me ha traicionado.

–Yo no sabía nada de esto hasta que...

–Tú sabías que Brett me estaba robando y no me lo dijiste. Eso es lo único que importa –la interrumpió Sawyer–. Me voy. Voy a dar un paseo con Maggie.

–Pero...

–Tengo que salir de aquí.

–¡Sawyer, espera!

Pero él siguió adelante. Lynn se dejó caer sobre la cama, angustiada. ¿Qué debía hacer? El miedo le decía que se fuera de allí antes de que Sawyer la echase. Pero no podía hacerlo. Por miedo al rechazo había dejado que Brett aplastara sus sueños... y había pagado un precio muy alto por su cobardía. Si amaba de verdad a Sawyer le diría la verdad, toda la verdad.

En ese momento, Ursus se puso a llorar. Lynn se secó los ojos y atendió al cachorro, porque por muy mal que estuvieran las cosas, la vida seguía. Y ella no pensaba rendirse.

¿Cómo había podido estar tan ciego?

Sawyer soltó el diario como si lo quemara, enterrando la cara entre las manos. ¿Cómo no había visto la malicia de su hermano? Brett y él siempre habían sido competitivos, pero las cosas de las que se jactaba en el diario, usar el código secreto, iban más allá de una rivalidad fraternal. Su hermano había mentido, engañado y robado sólo para quedar por encima de él y le daba igual a quién hiriese en el proceso.

Lynn.

Sawyer apretó los dientes hasta que le dolieron. Brett no había amado a Lynn. La había usado, la había poseído sólo porque... porque era su novia.

¿Por qué había soportado aquel matrimonio en el que Brett la usaba como peón para hacerle daño a él? ¿Y por qué nunca se lo había contado a nadie? ¿Cómo había podido amar a ese monstruo? Pero debía de amarlo, si no lo habría dejado... Sawyer cerró los ojos. Lynn seguía amando a su hermano.

Los comentarios hirientes del diario lo ponían enfermo. Su hermano no creía que Lynn fuera inteligente o guapa... ¿estaba ciego, loco? Sawyer nunca había conocido a una mujer como ella. Brett la llamaba frígida. ¿Frígida? Era la mejor amante que había tenido jamás. Pero ¿cómo podía derretirse con él si seguía amando a Brett?

Todo era culpa suya. Si hubiese hablado con ella antes de irse a California en lugar de confiarle a Brett una carta... una carta que seguramente Lynn nunca habría visto, nada de aquello habría pasado.

Y su hermano había poseído lo que el más quería: a Lynn.

Él había estado demasiado ciego como para ver las maquinaciones enfermizas de Brett.

Sawyer se levantó, apoyándose en la mesa. Amaba a Lynn con todo su corazón, pero la había defraudado. Primero por no haber sabido protegerla de Brett y luego forzándola a un matrimonio que no deseaba.

Aunque le dolía más que nada en el mundo, debía hacerlo. Tenía que dejarla ir.

La encontró en la cocina, muy pálida.

–Lo siento –murmuró, metiéndose las manos en los bolsillos para no abrazarla.

Ella levantó la cabeza.

–¿Qué?

–Llamaré a mi abogado mañana por la mañana para que empiece con los trámites del divorcio.

–Entiendo –murmuró Lynn.

–Pediré un préstamo para darte lo que te corresponde...

–No dejaré que lo hagas. Brett ya te ha robado suficiente. Ese dinero es tuyo.

Él no estaba de acuerdo, pero no tenía ganas de discutir en aquel momento.

–Te haré una transferencia mensual para el niño, pero renunciaré a la custodia.

Sawyer intentó no mirar las lágrimas que llenaban los ojos de Lynn, pero cada una lo quemaba como si fuera ácido. Se aclaró la garganta, pero seguía teniendo un nudo.

–No sé qué hice mal con Brett o qué pude haber hecho para que me odiase tanto. No entiendo qué quería conseguir destruyendo la empresa que pagaba su sueldo... quizá eso era lo que quería, destruir mi sueño. No sé qué hice mal –repitió, angustiado.

–No es culpa tuya, Sawyer.

–Si conseguí volver loco a mi hermano, imagínate lo que podría hacer con la vida de un niño. Me da pánico pensarlo.

–No puedes culparte a ti mismo por la avaricia de tu hermano.

–No voy a obligarte a que me dejes entrar en tu vida o en la vida de tu hijo.

Lynn puso una mano sobre su pecho.

–Entiendo que no quieras al hijo de Brett, pero si es tu hijo merece conocerte. Serías un padre maravilloso, Sawyer.

Sorprendido, él levantó la mirada.

–¿Quieres que convierta a tu hijo en un delincuente?

Lynn lo miró, perpleja.

147

–No digas eso. Brett no te odiaba, todo lo contrario, te admiraba de una forma enfermiza. Pero él era un vago. No estaba dispuesto a trabajar por lo que quería, al contrario que tú. Eso no es culpa tuya.

Incluso en aquel momento trataba de defender a Brett. Los celos y el dolor amenazaron con ahogarlo.

–Sé que te insultaba, que te hería con sus comentarios... ¿te pegó alguna vez?

–No. Nunca. Si lo hubiera hecho, lo habría dejado.

–Pero te trataba como si fueras una basura, Lynn. ¿Cómo puedes seguir disculpándolo?

–Porque... no lo sé. Quizá porque la familia es lo más importante. No quiero que odies a tu hermano –suspiró ella–. Ya sabes que mi padre era policía y que murió en un tiroteo. Lo que quizá no sabes es que después de su muerte hubo sospechas sobre él. Nunca se limpió su nombre, pero tampoco lo declararon culpable. Sin embargo, en los periódicos lo crucificaron. Todos los recuerdos de mi padre están manchados por eso... cuando pienso en él, en lugar de recordarlo como el padre cariñoso que era, recuerdo esos días. Los detectives registraron mi casa de arriba abajo. Abrieron todos los cajones, todos los armarios, miraron en la basura...

Las lágrimas rodaban por su cara y el nudo que Sawyer tenía en la garganta no lo dejaba respirar.

–Me dijeron que el hombre al que yo creía

un héroe era un ladrón que se aprovechaba de la gente a la que debía proteger. Yo no quiero que sufras como sufrí yo, Sawyer.

Parecía tan frágil, tan rota... tuvo que abrazarla.

–Lo siento, Lynn. ¿Cómo pudiste amar a Brett después de lo que te hizo?

–No lo amaba –suspiró ella.

–¿Qué? Dime la verdad esta vez, Lynn. No intentes engañarme.

–Había llamado a un abogado para pedirle que empezase a tramitar el divorcio, pero Brett me convenció de que su mala actitud era culpa del estrés, del trabajo. Me prometió que se portaría mejor, me suplicó que tuviéramos un hijo... Yo quería formar una familia y fui tan estúpida como para creerlo. Esa noche, después de hacer el amor, descubrí que me había estado engañando con Nina, su secretaria.

Sawyer cerró los ojos. Debería haber sospechado algo cuando su hermano contrató a una secretaria con una talla de pecho más grande que su cociente intelectual.

Lynn respiró profundamente.

–Tuvimos una pelea y le pedí que se fuera de casa. Una hora después, estaba muerto. Si no le hubiera gritado, si no le hubiera dicho que iba a pedir el divorcio...

–Lynn, mi hermano conducía a ciento treinta kilómetros por hora. No es culpa tuya. Tuvimos suerte de que no se llevara a nadie por delante. Además, después de leer la basura que ha escrito sobre ti en el diario, tenías derecho a echarlo de casa.

—Pero tú sigues culpándote a ti mismo por la muerte de tus padres.

—Sí.

—El otro conductor iba borracho, Sawyer. Era de noche, se saltó un semáforo...

—Sí, lo sé, lo sé... ¿Por qué te importa lo que yo siento?

¿Qué tenía que perder?, se preguntó Lynn. Ya lo había perdido todo.

—Me importa porque te quiero y creo que fuiste tú el que dijo: «El amor no muere cuando las cosas se ponen difíciles».

Después de eso, intentó salir de la cocina, pero Sawyer no se lo permitió.

—Maldita sea, Lynn, no puedes decirme que me quieres y después salir corriendo. Mírame, por favor. Has leído el diario de Brett. Debes saber que te quiero.

Ella levantó la cabeza, sorprendida.

—En ese diario no se habla de amor. Está lleno de odio y de críticas hacia mí.

Sawyer sacudió la cabeza.

—Mi hermano debía de estar ciego. Eres la mujer más guapa, la más interesante, la más encantadora que he conocido nunca... y como amante, me conviertes en un adolescente cada vez que te miro.

De nuevo, una llamita de esperanza se encendió en su corazón, pero intentó matarla para evitar sufrimientos.

–Brett dice en su diario que mientras tuviera lo que yo más quería, estaría por encima de mí. Y lo que yo quería más que nada era a ti, Lynn.

A ella se le doblaron las rodillas y Sawyer tuvo que sujetarla.

–Cuando nos conocimos, hace cinco años, supe que eras una persona especial. Pero eras tan joven, apenas tenías diecinueve años... y yo tenía que pasar mucho tiempo fuera para levantar mi empresa. Cuando me llamaron para que fuese a California a diseñar un programa para mi primer cliente importante supe que, por fin, tenía algo que ofrecerte y no quise esperar más. Esa noche teníamos una cita y no pude localizarte, así que te escribí una carta...

–¿Una carta?

–Se la di a Brett –suspiró Sawyer– para que te la diera a ti.

Lynn tragó saliva.

–Brett no me dio ninguna carta.

–Debió de leerla y supo entonces lo que sentía por ti. En la carta decía que te amaba y que quería pasar el resto de mi vida contigo. Quería verte en cuanto volviese de California, pero sabía que estaría varios meses fuera. Y te pedía que me esperases.

Lynn se llevó una mano al corazón.

–Sawyer...

–Pero cuando volví, te encontré casada con Brett –suspiró él. La sinceridad que había en sus ojos le decía que todo eso era verdad.

–Pensé que me habías dejado. Estuviste tanto

tiempo fuera... Brett me dijo que, según tú, lo nuestro había sido divertido, pero que había llegado la hora de pasarlo bien en California. Empecé a salir con él de rebote, dejé que me engañase... me siento como una idiota.

–Nos engañó a los dos.

–Lo siento tanto...

–Yo también. Y ahora, ¿vas a contarme por qué dejaste la universidad?

Lynn dejó escapar un suspiro.

–Brett saboteaba mis horas de estudio y mis notas empezaron a bajar. Al final, me hizo dudar de mí misma, de mi capacidad intelectual. Pensé que no era capaz de hacer una carrera...

Sawyer apretó los dientes.

–Y dejaste la universidad.

–Sí.

–Lynn, te he forzado a este matrimonio –dijo él entonces, apretando su mano–. Si quieres el divorcio, hablaré mañana mismo con mi abogado...

–No quiero el divorcio. Quiero quedarme contigo y formar una familia. Pero debes entender que querré a este niño aunque sea hijo de Brett.

Sawyer le puso una mano en el abdomen.

–Yo también porque es parte de ti. Te quiero, Lynn.

–Y yo a ti.

152

Epílogo

Cuando Sawyer entró en casa, Ursus empezó a ladrar y a dar vueltas a su alrededor.

—Sí, lo sé, tu mamá está en casa y también tu nuevo hermanito. Cálmate, vas a dejarme sordo.

Tras él, Lynn iba riendo. Se reía mucho últimamente. Y a Sawyer se le hinchaba el corazón cada vez que miraba a su mujer y a su hijo. Su hijo.

Sonriendo, tomó a Lynn en brazos, con canastilla y todo.

—No hice esto la primera vez que entramos aquí.

—Espera... pesamos mucho.

—No pesáis nada.

—¡Dios mío! ¿Qué has hecho, comprar una floristería entera? Debe de haber más de cien rosas rojas...

—Feliz Día de los Enamorados. Hay seis docenas de rosas... una docena por cada Día de los Enamorados que hemos pasado separados.

—Tienes que dejar de hacerme regalos. No me debes nada, Sawyer.

Él inclinó la cabeza para besarla y luego besó el gorrito azul del niño, JC.

–Mimarte es mi obligación.

Ursus salió ladrando a la puerta para saludar a Carter. Y siguió ladrando cuando aparecieron Rick y Maggie.

–¿Has conseguido soportar el parto sin desmayarte? –sonrió su vecino.

Sawyer hizo una mueca.

–Estuve a punto.

–Lo hiciste de maravilla –sonrió Lynn–. Gracias por llevarnos al hospital, Rick. Sawyer estaba un poco nervioso hasta que el médico lo convenció de que todo iba bien.

–¿Un poco nervioso? Pero si iba a darle un ataque...

–Bueno, vamos a ver al pequeñajo –sonrió Carter.

Lynn apartó la mantita y Sawyer le quitó el gorrito azul, revelando una mata de pelo negro. Rick y Carter se quedaron un momento callados.

–Se parece a ti –dijo su amigo.

Descubrir que él era el padre del niño había sido una sorpresa maravillosa. Por supuesto, nunca le habían contado a nadie su encuentro en el vestíbulo. Lynn tenía miedo de que sus amigos la mirasen mal por haberse acostado con él después del funeral de Brett.

Y si eso era lo que ella quería, sus labios estaban sellados, a pesar de su deseo de contárselo a todo el mundo.

–Sí, se parece –dijo Lynn–. Se parece mucho a su papá. Tiene los mismos ojos azules, el mismo pelo negro y la misma barbilla.

Carter fue el primero en recuperarse de la sorpresa, pero no hizo ninguna pregunta.

–¿Y qué significa JC?

Lynn dejo a su hijo en la canastilla.

–Joshua Carter. Joshua por mi padre y Carter por su padrino.

Él trago saliva.

–¿Eso me convierte en su tío honorífico o algo así?

Sawyer le dio un golpe en la espalda.

–Por supuesto. Rick y tú sois sus tíos. Hemos pensado que os vendría bien cambiar pañales... para que sepáis hacerlo con vuestros hijos cuando nazcan.

Rick lo miró, atónito.

–¿Yo? Pero si yo no pienso casarme nunca.

Lynn soltó una risita.

–Eso ya lo veremos. Seguro que algún día quieres compartir esa casa tan grande con alguien.

–Tengo a Maggie. Es la única hembra que va a entrar en mi casa.

Sawyer abrazó a su mujer, mirándola a los ojos.

–Una vez que encuentres el amor, cambiarás de opinión, te lo aseguro. Y no lo lamentarás nunca.

Rick hizo una mueca.

–Ya empiezan. Carter, vamos a ver qué se puede cenar en esta casa. Conociendo a Sawyer, seguro que iba a ofrecernos cereales.

Carter y Rick se fueron discretamente a la cocina y, naturalmente, Sawyer no perdió el tiempo. Mientras besaba a su mujer, de repente, las seis semanas que tendrían que esperar antes de hacer el amor le parecieron seis años.

–Gracias.

–¿Por qué? –sonrió Lynn.

–Por ser lo mejor que me ha pasado en la vida.

–Gracias a ti por enseñarme lo que es el amor.

–De nada –sonriendo, Sawyer sacó del bolsillo el colgante en forma de corazón de su madre. Dentro había dos fotografías.

Ella sonrió, con lágrimas en los ojos.

–Mis dos hombres, JC y tú. Te quiero, Sawyer, más de lo que hubiera podido imaginar nunca.

–Y yo a ti –murmuró él, señalando el colgante–. Tendremos que buscar la niña pero, por ahora, ¿por qué no te pones esto?

–Es perfecto porque te llevo en el corazón.

–Y yo a ti en el mío, Lynn Riggan.

Acepte 2 de nuestras mejores novelas de amor GRATIS

¡Y reciba un regalo sorpresa!

Oferta especial de tiempo limitado

Rellene el cupón y envíelo a
Harlequin Reader Service®
3010 Walden Ave.
P.O. Box 1867
Buffalo, N.Y. 14240-1867

¡Sí! Por favor, envíenme 2 novelas de amor de Harlequin (1 Bianca® y 1 Deseo®) gratis, más el regalo sorpresa. Luego remítanme 4 novelas nuevas todos los meses, las cuales recibiré mucho antes de que aparezcan en librerías, y factúrenme al bajo precio de $3,24 cada una, más $0,25 por envío e impuesto de ventas, si corresponde*. Este es el precio total, y es un ahorro de casi el 20% sobre el precio de portada. !Una oferta excelente! Entiendo que el hecho de aceptar estos libros y el regalo no me obliga en forma alguna a la compra de libros adicionales. Y también que puedo devolver cualquier envío y cancelar en cualquier momento. Aún si decido no comprar ningún otro libro de Harlequin, los 2 libros gratis y el regalo sorpresa son míos para siempre.

416 LBN DU7N

Nombre y apellido   (Por favor, letra de molde)

Dirección   Apartamento No.

Ciudad   Estado   Zona postal

Esta oferta se limita a un pedido por hogar y no está disponible para los subscriptores actuales de Deseo® y Bianca®.
*Los términos y precios quedan sujetos a cambios sin aviso previo.
Impuestos de ventas aplican en N.Y.

Deseo®...
Donde Vive la Pasión

¡Los títulos de Harlequin Deseo® te harán vibrar!

¡Pídelos ya! Y recibe un descuento especial
por la orden de dos o más títulos

HD#35327	UN PEQUEÑO SECRETO	$3.50	☐
HD#35329	CUESTIÓN DE SUERTE	$3.50	☐
HD#35331	AMAR A ESCONDIDAS	$3.50	☐
HD#35334	CUATRO HOMBRES Y UNA DAMA	$3.50	☐
HD#35336	UN PLAN PERFECTO	$3.50	☐

(cantidades disponibles limitadas en algunos títulos)

CANTIDAD TOTAL	$ _____
DESCUENTO: 10% PARA 2 Ó MÁS TÍTULOS	$ _____
GASTOS DE CORREOS Y MANIPULACIÓN	$ _____
(1$ por 1 libro, 50 centavos por cada libro adicional)	
IMPUESTOS*	$ _____
TOTAL A PAGAR	$ _____

(Cheque o money order—rogamos no enviar dinero en efectivo)

Para hacer el pedido, rellene y envíe este impreso con su nombre, dirección
y zip code junto con un cheque o money order por el importe total arriba
mencionado, a nombre de Harlequin Deseo, 3010 Walden Avenue, P.O. Box
9077, Buffalo, NY 14269-9047.

Nombre: _____

Dirección: _____ Ciudad: _____

Estado: _____ Zip Code: _____

Nº de cuenta (si fuera necesario): _____

*Los residentes en Nueva York deben añadir los impuestos locales.

Harlequin Deseo®

CBDES